半小时 国学课堂

给孩子的
半小时
宋词课

文小彦 著　杨咩 绘

长江出版传媒 崇文书局

图书在版编目（CIP）数据

给孩子的半小时宋词课 / 文小彦著；杨咩绘 . --
武汉：崇文书局，2023.6
（半小时国学课堂）
ISBN 978-7-5403-7087-9

Ⅰ . ①给… Ⅱ . ①文… ②杨… Ⅲ . ①宋词－少儿读
物 Ⅳ . ① I222.844

中国国家版本馆 CIP 数据核字（2023）第 086740 号

责任编辑：李利霞
责任校对：董　颖
装帧设计：刘嘉鹏　杨　艳
责任印制：李佳超

给孩子的半小时宋词课
GEI HAIZI DE BANXIAOSHI SONGCI KE

出版发行：长江出版传媒　崇文书局
地　　址：武汉市雄楚大街 268 号 C 座 11 层
电　　话：(027)87677133　邮政编码：430070
印　　刷：湖北新华印务有限公司
开　　本：880mm×1230mm　1/32
印　　张：7
字　　数：140 千
版　　次：2023 年 6 月第 1 版
印　　次：2023 年 6 月第 1 次印刷
定　　价：46.00 元

（如发现印装质量问题，影响阅读，由本社负责调换）

序

从2016年起，我开始给小学生讲《论语》，到现在已经有七八年了。起初，我是给我儿子和他的同学讲；后来，我来到儿子的学校，给全校的同学讲；再后来，我到湖北人民广播电台、各大新媒体平台讲。

这期间，有太多的学生以及共读的家长给我反馈："谢谢杨老师，让我喜欢上了《论语》。""谢谢您，学习《论语》改变了我的孩子！"

这，就是我坚持给小学生和家长们讲《论语》的动力。

《论语》是孔子弟子及其再传弟子关于孔子言行的记录。片言只语，却是应对人生各种问题的灵丹妙药。宋朝的学者朱熹曾说过："天不生仲尼，万古如长夜。"孔子的思想如长夜明灯，照耀人类历史的长空。

小学生学《论语》，离不开"朗读、理解、背诵、书写"，所以我定的学习时长为每天半小时。学习古文，离不开诵读，按照我的背诵小贴士来朗读、背诵，你一定会成为背诵小高手。

这本书还有以下几个特色：

第一，全书通过一个个生动有趣的小故事串联起来，这些故事都是《论语》章句背后的故事。小朋友们看了之后，既可以记住这些名言警句，又能扩充写作素材。

第二，每一课的《论语》章句都是精心挑选，孩子们熟悉的成语很多来自《论语》，如"三思后行""见贤思齐"，通过回溯到原文，帮助学生理解文本，培养文言文语感。

第三，挑选出基本汉字进行讲解。我在讲《论语》的过程中了解到，识字也是文言文阅读的基础。所以，我从《论语》中挑选出基本汉字，从字形、字义演变讲起，力求有趣，让小朋友们容易理解和记忆。

这套"半小时国学课堂"系列书，除了《论语》，还有《声律启蒙》、唐诗和宋词。每一本在讲解的过程中，都穿插了对历史、文化相关背景的介绍，趣味性强。所有栏目的设置，也都秉持一个原则：让孩子喜欢、爱读，让家长便于解说、引导。

现在，和我一起迈进国学的大门吧！

杨红

2023年4月

目 录

春日
好景

离愁
别绪

似水
柔情

咏物言志

爱国豪情

春日好景

浣溪沙[◎]
huàn xī

秦 观

漠漠轻寒[◎]上小楼，晓阴[◎]无赖[◎]似
lài

穷秋[◎]。淡烟流水画屏[◎]幽。
píng

自在飞花轻似梦，无边丝雨细如

愁。宝帘[◎]闲挂小银钩。

背诵小贴士：带读10遍，独读10遍，背诵5遍，考背5遍。

注释

浣溪沙：词牌名。原为唐代曲名，后作为词牌。因西施在溪边浣纱而得名。

轻寒：薄寒，用来形容初春的寒意。

晓阴：早晨天还阴着。

无赖：无聊，提不起精神。

穷秋：深秋。

画屏：画着画的屏风。

宝帘：缀着珠宝的帘子。

译文

伴着初春的寒意，我独自登上小楼。清晨天色阴暗得像深秋一样，令人兴味索然。屋内的画屏上，轻烟淡淡，流水潺潺，意境幽深。

窗外落花自由飞舞，犹如虚无缥缈的梦境，空中细雨丝丝飘洒，恰似我心中的忧愁。再看那缀着珠宝的帘子，正随意挂在小小银钩之上。

文老师讲宋词

作为苏轼的得意弟子，秦观本该和老师一样，发扬豪放的词风，可他却成了婉约词派代言人。纵观他的作品，大多充满伤感与忧愁，这或许与他的经历有关。

年少时，秦观初到扬州，见一位地主逼迫歌女唱他写的词。由于地主的词写得乱七八糟，歌女怎么也唱不出，秦观当即写下这首《浣溪沙》，交给歌女。只听歌女缓缓唱出，众人陶醉不已。

秦观两次参加科举考试，都没成功。后来在苏轼的鼓励和推荐下，这才考中进士，入朝为官，可惜不久就因卷入党派斗争被贬到蛮荒之地。虽然秦观的一生充满失意，但正是这些坎坷，造就了他婉约的词风，奠定了他一代词宗的地位。

知识拓展

词是隋唐时兴起的一种文学样式，到了宋代，发展到极致，并形成婉约、豪放两大流派。婉约派的代表人物有秦观、柳永、李清照等，其作品多以爱情、离别为主题，风格清丽柔媚、委婉含蓄。

上部紧凑且均匀
下部横画要舒展

清平乐◎

黄庭坚

春归何处？寂寞无行路。若有人知春去处，唤取◎归来同住。

春无踪迹谁知？除非问取黄鹂◎。百啭◎无人能解◎，因风◎飞过蔷薇。

背诵小贴士：带读10遍，独读10遍，背诵5遍，考背5遍。

注释

清平乐：词牌名。原为唐教坊曲名，后作词牌名。取自汉乐府《清乐》《平乐》这两个曲调名。

唤取：唤来。

黄鹂：鸟名，叫声清脆悦耳。

啭：鸟鸣声。

解：懂得，理解。

因风：顺着风势。

译文

春天回到了哪里？找不到它的踪迹，只留一片沉寂。如果有人知道春天的去处，请将它唤来与我们住在一起。

谁知道春天的踪迹？要想知道，只有问一问黄鹂鸟。那黄鹂千百遍地婉转啼叫，谁也不能懂得它的意思，它趁着风势，飞过了盛开的蔷薇。

文老师讲宋词

苏轼门下弟子不少，最著名的有四位，即黄庭坚、秦观、张耒（lěi）和晁（Cháo）补之，人称"苏门四学士"。其中文学成就最高的，当属黄庭坚。

黄庭坚从小就被誉为神童，不仅读书速度快，记忆力更是惊人。成年后，他不负众望考中进士，而后入京为官，拜苏轼为师。其实，两人在相遇之前就是互相推崇的文友，苏轼第一次看到黄庭坚的诗文，便赞不绝口，而黄庭坚对苏轼也是极为仰慕。相遇之后，两人更是结下了至死不渝的情谊。

在汴京（今河南开封）相聚的几年，他们鉴书赏画，切磋诗文。在苏轼的指点下，黄庭坚的诗词创作、书法造诣都达到了高峰，名声也越来越响，甚至与恩师苏轼并称为"苏黄"。

只可惜，黄庭坚做官不得皇帝欢心，又因苏轼被贬受到牵连，最后被贬到广西宜州。这首抒发惜春之情的词，就是他去世那年在宜州创作的。

布局结构要合理

一撇一捺要舒展

		寂	寂		春	春		
		寞	寞		归	归		
		无	无		何	何		
		行	行		处	处		
		路	路					

采桑子◎

欧阳修

群芳过后◎西湖◎好，狼藉残红◎。

飞絮濛濛。垂柳阑干◎尽日风。

笙歌◎散尽游人去，始觉春空。

垂下帘栊◎。双燕归来细雨中。

背诵小贴士：带读10遍，独读10遍，背诵5遍，考背5遍。

注释

采桑子：词牌名。源自唐教坊大曲《采桑》。

群芳过后：百花凋零。

西湖：指颍州西湖，位于今安徽阜阳西北。

狼藉残红：残花四处散落的样子。

阑干：纵横交错的样子。

笙歌：奏乐唱歌。笙是古代的一种簧管乐器。

译文

　　暮春时节，百花凋零，可颍州西湖的景致依然很美，点点残花落在纷杂的枝叶间，显得格外醒目。片片柳絮在空中尽情飞扬，好似迷蒙的细雨。垂落的柳条纵横交错，整日随风起舞，摇曳多姿。

　　奏乐唱歌的声音已然停止，游人也兴尽散去，这才觉得春日静谧又空旷。回到屋内，正打算放下窗帘，只见两只飞燕在细雨中归来。

文老师讲宋词

欧阳修是"唐宋散文八大家"之一，自幼爱读韩愈文集，他和韩愈一样，认为写文章要平实、朴素。可宋代初年的文人，热衷华而不实的文风，甚至在写作时故意求怪。所以，欧阳修极力倡导诗文革新。

1057年，京城举行进士考试，欧阳修任主考官。由于他只录用语言质朴的文章，遭到了一些落榜学子的辱骂，直到巡逻的兵士过来才平息。经过这场风波后，大家都开始学着写朴素的文章了。

欧阳修不仅积极改革文风，还十分注重选拔人才，从才华横溢的苏轼、苏辙、曾巩，到官至宰相的王安石、司马光，都是他举荐的，因而被誉为"千古伯乐"。

退休后，欧阳修来到颍州安享晚年。他经常去颍州西湖边散步，见这里风景绝佳，便写下了这首著名的词作。欧阳修共写下十首《采桑子》，此为第四首，通过描绘暮春景致，寄托了其寄情湖山的晚年情怀。

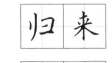

左边窄而挺立

右边宽而舒展

	双	双		垂	垂		
	燕	燕		下	下		
	归	归		帘	帘		
	来	来		栊	栊		
	细	细					
	雨	雨					
	中	中					

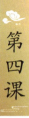

小重山◎

章良能

　　柳暗花明春事◎深。小阑红芍药^{sháo}，已抽簪^{zān}◎。雨余风软碎鸣禽^{qín}。迟迟日◎，犹带一分阴。

　　往事莫沉吟。身闲时序◎好，且登临^{kān}。旧游◎无处不堪寻。无寻处，惟有少年心。

背诵小贴士：带读15遍，独读15遍，背诵10遍，考背5遍。

注释

小重山：词牌名。相传由晚唐诗人、词人韦庄所创。

春事：春色，春意。

簪：女性插在头上的针形首饰，这里用来形容芍药花纤细的花芽。

迟迟日：太阳缓缓升起。

时序：时节。

旧游：昔日游览的地方。

译文

柳色深暗，花姿明艳，好一派浓浓春意。小栅栏里的红芍药，已露出小小的花芽，如同美人头上的玉簪。细雨过后，软风徐徐，伴着细碎婉转的鸟鸣。太阳缓缓升起，晴空中尚有少许乌云。

以往的事情，再也不必回顾思索。不如趁着美好的春景，去游览大好河山。昔日游玩的踪迹，如今处处可寻。无处可寻的，只有一颗年少时的心。

文老师讲宋词

宋代是中国历史上最繁荣的朝代，不管是经济，还是文化，都达到了巅峰。热衷填词唱曲的人数不胜数，就连大臣们也不例外。比如章良能，他曾创作了许多词作，可惜大多已失传，只有这首《小重山》，因被外孙周密收录于《齐东野语》而广为人知。

《小重山》是章良能故地重游时所作。少年时代是人生中最富朝气的时代。旧地重游，曾经留下的痕迹仍在，但年少时天真烂漫的朝气，已经再也无法找回，令人感慨万分。

章良能是个很爱干净的人，所住的房屋每日都要打扫，有亲戚因此取笑他，他便在屏风上写道："陈蕃不打扫房间，却想扫除天下祸患，我知道他没这个本事！"章良能提到的陈蕃，是位东汉名臣，曾因家中垃圾遍地不打扫而被人反问："一屋不扫，何以扫天下？"章良能借用这个典故，是为了表明自己的志向。

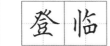

广字头盖住下部

横折竖勾要有力

身闲时序好

且登临

破阵子°·春景

yàn shū
晏 殊

燕子来时新社°，梨花落后清明。

tái
池上碧苔三四点，叶底黄鹂一两声，

日长飞絮°轻。

 巧笑°东邻女伴，采桑径里逢迎°。
jìng

疑怪昨宵春梦好，元是今朝斗草°赢，
zhāo

笑从双脸生。

背诵小贴士：带读15遍，独读15遍，背诵10遍，考背5遍。

注释

破阵子：词牌名，又名《十拍子》。原为唐教坊曲名，出自《破阵乐》。

新社：古代祭土地神的日子，以祈求丰收，有春、秋两社。新社即春社，时间在立春后、清明前。

飞絮：飘荡着的柳絮。

巧笑：形容少女美好的笑容。

逢迎：碰头，相逢。

斗草：古代一种民间游戏，也叫"斗百草"。

译文

　　燕子飞来正赶上社祭之时，梨花落去后又迎来了清明。池塘边上，点缀着几片碧绿的苔草，枝叶掩映下，不时传来黄鹂的啼叫声，如今白昼越来越长，随处可见柳絮飘飞。

　　采桑的路上，邂逅了笑容满面的邻家少女。正奇怪她是不是昨晚做了个美梦，原来是今日斗草获胜，难怪脸颊上会浮现出笑意。

文老师讲宋词

历代文人中，称得上人生赢家的，除了初唐的贺知章，就是北宋的晏殊。晏殊少年成名，十四岁就经人举荐，参加了由皇帝主持的殿试，在众学子认真答题时，晏殊却突然站起来，说："这些题我都做过，请陛下换别的题来考我吧！"皇帝当场命题，在晏殊出色地完成答卷后，不仅封他为秘书省正字（负责校正典籍中的错误），还派他去秘阁（宫廷藏书之处）读书，当作未来的宰相培养。晏殊不负众望，最终官至宰相。

晏殊生活的年代，正值太平盛世，为官多年，他一直过着舒适的生活，因而被称为"太平宰相""富贵词人"。在文学方面，他一生写了一万多首词，这首《破阵子·春景》是其代表作之一。他还开创了北宋婉约词风，被尊为"北宋倚声家初祖"（倚声，即按谱填词）。

不宜松散要紧凑
木字做底形扁宽

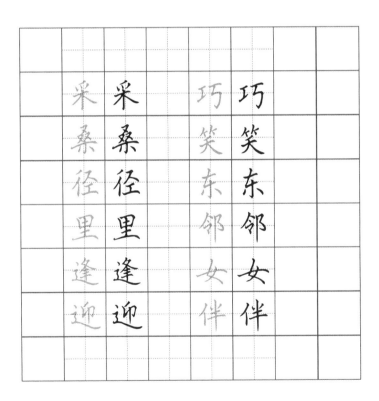

玉楼春°·春景

宋　祁 (qí)

　　东城渐觉风光好，縠皱波纹° (hú) 迎

客棹° (zhào)。绿杨烟外晓寒轻，红杏枝头

春意闹。

　　浮生°长恨欢娱少，肯爱°千金

轻一笑。为君持酒劝斜阳，且向花

间留晚照°。

背诵小贴士：带读15遍，独读15遍，背诵10遍，考背5遍。

注释

玉楼春：词牌名。又名《木兰花》，是唐教坊歌曲名。

縠皱波纹：形容水面上的波纹细如绉纱。縠皱，即有皱褶的纱。

棹：船桨，这里指船。

浮生：飘浮不定的短暂人生。

肯爱：不要吝惜。

晚照：夕阳的余晖。

译文

　　我漫步在东城，感受到这里春光无限好，船儿行驶在波纹骤起的水面上。拂晓的轻寒，笼罩着如烟的杨柳，粉红的杏花挂在枝头，映得春意更盛。

　　人生总是怨恨太多，欢乐太少，不要因吝惜千金而轻视美人一笑。让我为你举起酒杯奉劝斜阳，请向花间多留一抹晚霞。

文老师讲宋词

宋代文人都爱写词，也会因词作中的佳句得到一个雅号，比如秦观因为一句"山抹微云，天粘衰草"，被称为"山抹微云秦学士"；柳永因为"露花倒影，烟芜蘸碧"，被称为"露花倒影柳屯田"；宋祁则因这句"红杏枝头春意闹"，被叫作"红杏尚书"。

纵观宋祁的一生，这个雅号竟和他如此契合。他像"红杏"一样，浪漫而多情，就连笔下的词，也透着华丽的风格。而工部尚书一职，是他与欧阳修合写《新唐书》后取得的职务。对当时的文人来说，能够编写史书，那是极高的荣誉。宋祁编写了书中的大部分内容，可见其文采了得。

宋祁曾和哥哥宋庠（xiáng）一同考中进士，因而有"双状元"的美誉，后来哥哥官至宰相，人称"大宋"，而弟弟宋祁则凭借这首《玉楼春·春景》名扬词坛。

结构左低右高
宽窄配搭协调

	且	且		为	为		
	向	向		君	君		
	花	花		持	持		
	间	间		酒	酒		
	留	留		劝	劝		
	晚	晚		斜	斜		
	照	照		阳	阳		

背默小天才

自在 □□ 轻似梦，无边丝雨细如 □ 。

春归 □□ ？寂寞无行路。

群芳过后 □□ 好，狼藉残红， □□ 濛濛。

柳暗花明 □□ 深。小阑红芍药，已抽 □ 。

绿杨烟外 □ 寒轻，红杏枝头春意 □ 。

离愁别绪

卜算子·送鲍浩然之浙东

王 观

水是眼波横，山是眉峰聚。

欲问行人去那边？眉眼盈盈处。

才始送春归，又送君归去。

若到江南赶上春，千万和春住。

背诵小贴士：带读10遍，独读10遍，背诵5遍，考背5遍。

注释

卜算子：词牌名。又名《百尺楼》《眉峰碧》等，宋朝时盛行此曲。

眼波横：美人流动的眼波。

眉峰聚：美人蹙起的眉毛。

行人：指王观的朋友鲍浩然。

才始：方才。

江南：指长江以南的地区。

译文

水像美人流转的眼波，山如美人微蹙的眉头。想问他这次远行去哪里？他正要去山清水秀的地方。

刚刚送走了春天，又要送你离开。如果你到江南还能赶上春天的话，请一定享受那美好的春光。

文老师讲宋词

几乎所有的宋代词人都写过离别词，他们在作品中营造的意境，大多是凄风冷雨，让人伤心断肠。可有一位词人，却将离别写得妙趣横生，他就是王观。

王观从小记忆力好、知识面广，还很会写文章，据说他写文章总是一气呵成，既不打草稿，也不需要修改。二十二岁那年，王观考中进士，初入官场，就创作了一篇四千多字的美文——《扬州赋》。文章被争相传阅，皇帝读到后，更是连连赞叹，当即召王观入宫，赐给他红色的官服和银色的奖章。这莫大的荣誉，让王观成了人人羡慕的对象。可惜没多久，他就因一首词被革去官职。但他并未气馁，反而更努力地创作。

这首《卜算子·送鲍浩然之浙东》构思巧妙、情趣盎然，以眼喻水，以眉喻山，打破以往以物喻人的传统，可谓是千古难得的佳作。

撬横要有力
竖画居中心

	千	千	若	若		
	万	万	到	到		
	和	和	江	江		
	春	春	南	南		
	住	住	赶	赶		
			上	上		
			春	春		

采桑子

sāng

吕本中

恨君[◎]不似江楼[◎]月，南北东西，
南北东西，只有相随无别离。

恨君却似江楼月，暂满还亏[◎]，
暂满还亏，待得团圆是几时？

背诵小贴士：带读10遍，独读10遍，背诵5遍，考背5遍。

注释

君：这里指词人的妻子。

江楼：靠在江边的楼阁。

暂满还亏：指月亮短暂变圆后又会有缺失。满，指月圆；亏，指月缺。

译文

可恨你不像江边楼上高悬的明月，不管我在南北东西何处漂泊，都能永远相随不分离。

可恨你就像江边楼上高悬的明月，刚刚月圆就又缺了，待到明月再圆，不知还要等到何时？

文老师讲宋词

北宋时期的吕家，是著名的官宦世家，曾出过三位宰相，其中一位名叫吕公著，他的曾孙就是吕本中。

吕本中从小勤奋好学，喜欢写诗作词，还经常参加诗词派对。有一次，他和朋友相邀喝酒作诗，酒兴正浓时，他画了一幅《江西诗社宗派图》，不仅将黄庭坚列为宗师，还列出二十余位诗风相近的诗人。后人将他们统称为"江西诗派"。

这种有诗有酒的生活，不久就被金兵的入侵打破了。1126年，金兵攻破北宋都城汴京，第二年又俘虏了皇帝、宗亲和后妃等几千人，北宋宣告灭亡。吕本中也经历了这场灾难，眼见昔日繁华的京城不再，吕本中痛心之下，只有拿起笔，用诗词记录一切。

吕本中留下的诗有上千首，但词只有27首，其中堪称经典的是这首《采桑子》。他采用民歌式的直白语言，细诉着相思离别之情，这种表现手法，真是新颖又独特。

整体要宽扁

竖弯没有钩

	只	只		南	南		
	有	有		北	北		
	相	相		东	东		
	随	随		西	西		
	无	无					
	别	别					
	离	离					

蝶恋花°

晏 殊

槛°菊愁烟兰泣露，罗幕轻寒，燕子双飞去。明月不谙°离恨苦，斜光到晓穿朱户。

昨夜西风凋碧树，独上高楼，望尽天涯路。欲寄彩笺°无尺素°，山长水阔知何处？

背诵小贴士：带读15遍，独读15遍，背诵10遍，考背5遍。

注释

蝶恋花 : 词牌名。本名《鹊踏枝》,又名《黄金缕》《卷珠帘》等,后改为《蝶恋花》。

槛 : 古代围在房屋四周的木栏杆。

谙 : 知道。

彩笺 : 彩色的信纸。

尺素 : 代指书信。古人写信用白色的布帛,通常长约一尺,所以叫"尺素"。

译文

栏杆外的菊花笼罩着一层愁雾,沾露的兰花也好似在默默哭泣。丝绸帷幕透着缕缕寒意,有一对燕子正飞向远方。明月不明白离别之苦,斜斜的余晖直到破晓才照入朱红的门户。

昨夜西风猛烈,使得绿树凋零。我独自登上高楼,望着那消失在天边尽头的道路。想要用最美的彩色信纸、用洁白的布帛写信,寄给一个人。但是高山连绵,碧水无尽,人在哪里?又寄往何处?

文老师讲宋词

北宋初年，大批优秀的词人如雨后春笋般出现，其中有位"宰相词人"，名叫晏殊。晏殊少年成名，中年富贵，一生为官五十年，虽曾遭遇几次降职危机，但大部分时间都在京城为官，后来还官至高位。有人说晏殊命好，其实是因为他为人诚恳、处事圆润，还善于发掘人才，如范仲淹、欧阳修、富弼等，皆由他栽培、引荐并得以重用。

晏殊不仅喜欢当伯乐，对诗词文章也很精通，著有词集《珠玉词》。由于生活富足，他所写词作大多充满"富贵闲愁"，如这首《蝶恋花》，晏殊用精细的笔触、含蓄的意象，将思妇的别离之愁倾泻而出。整阕词缠绵悱恻，情绪哀婉，非常动人。"昨夜西风凋碧树，独上高楼，望尽天涯路"成为千古名句。

布局疏密得当

两土上小下大

 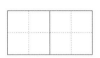

望尽天涯路

独上高楼

浪淘沙

欧阳修

把酒祝东风，且共从容。垂杨紫陌洛城东。总是当时携手处，游遍芳丛。

聚散苦匆匆，此恨无穷。今年花胜去年红。可惜明年花更好，知与谁同？

背诵小贴士：带读15遍，独读15遍，背诵10遍，考背5遍。

注释

浪淘沙：词牌名。原为唐教坊曲名。亦称《浪淘沙令》《卖花声》《过龙门》等。

从容：慢慢游赏。

紫陌：指洛阳的郊野小道。洛阳曾是东周、东汉的都城，据说当时曾用紫色土铺路，故称为"紫陌"。

匆匆：形容时间匆促。

译文

端起酒杯问候春风，希望你留下与我们一同慢慢游赏。洛阳城东垂柳依依的郊野小道，是我们去年携手同游的地方，我们游遍了姹紫嫣红的花丛。

欢聚和离散都是这样匆匆，心中的遗憾却无尽无穷。今年的花比去年更红艳，明年的花也将开得更美好，可惜不知那时我将和谁一起同游？

文老师讲宋词

1031年，怀着对未来的憧憬，新科进士欧阳修来到洛阳当官。洛阳是北宋设在首都之外的陪都，当时被称为西京。在这里，欧阳修结识了人生挚友——梅尧臣。

那是一个阳光明媚的春日，洛阳城东的伊水河畔，花红柳绿，景色怡人，欧阳修与梅尧臣在此不期而遇。初次见面，两人意气相投，很快就成了无话不谈的好友。梅尧臣虽官职低微，但在诗坛上享有盛名，欧阳修十分欣赏他的才华。他们经常互相交流学习，还结伴游山玩水，每到一地，都留下不少诗词佳作。

后来，梅尧臣被调往河阳（今河南孟州），第二年春天又回到洛阳，与欧阳修重聚。他们再次来到伊水河畔，故地重游。和朋友久别重逢，欧阳修本来很高兴，可是一想到梅尧臣马上又要离开洛阳，下次见面还不知是何时，欧阳修不禁伤感起来。这首《浪淘沙》，作者用惜花来写惜别，体现了二人之间深厚的情谊，也体现了作者失落忧愁的心情。

布局上收下展
横画拉长突出

	游	游		总	总		
	遍	遍		是	是		
	芳	芳		当	当		
	丛	丛		时	时		
				携	携		
				手	手		
				处	处		

苏幕遮◎

周邦彦（yàn）

燎◎沉香，消溽（rù）暑◎。鸟雀呼晴，侵晓◎窥（kuī）檐（yán）语。叶上初阳干宿雨，水面清圆，一一风荷举。

故乡遥，何日去？家住吴门，久作长安旅（lǚ）。五月渔郎相忆否？小楫（jí）轻舟，梦入芙蓉浦（pǔ）◎。

背诵小贴士：带读15遍，独读15遍，背诵10遍，考背5遍。

注释

苏幕遮：词牌名。原为唐教坊曲名，源自西域龟
兹国军乐舞曲。

燎：小火焚烧。

溽暑：夏天闷热、潮湿的暑气。

侵晓：拂晓，天刚亮。

芙蓉浦：长满荷花的水塘。词中指的是杭州西湖。

译文

　　我焚烧着沉香，来消除夏天闷热、潮湿的暑气。窗
外有鸟雀鸣叫，仿佛预示着晴天的到来，拂晓时分，我
偷偷听它们在屋檐下窃窃私语。荷叶上隔夜的雨滴已被
初升的阳光晒干了，水面上的荷花清润圆正，一阵微风
吹来，每片荷叶都挺出了水面。

　　望着眼前的美景，我不禁想起遥远的故乡，什么时
候才能回去啊？我家本在江南一带，却长久地客居京城。
又到了五月，家乡的朋友是否也在思念我？在梦中，我
划着一叶小舟，又闯入那西湖的荷花丛中。

文老师讲宋词

自古以来，擅长文学的人作词，擅长音乐的人作曲，只有少数人才两者兼得。北宋末年，就有这样一位全才，诗词、散文、书法无一不精，还很会作曲，他就是婉约派杰出词人——周邦彦。

宋神宗在位时，身为太学（当时的最高学府）学生的周邦彦，因一篇歌颂新法的《汴都赋》备受好评，被提拔为试太学正，即辅助老师及管理学生的九品官。没过几年，宋神宗病逝，反对变法的高太后掌权，周邦彦因歌颂王安石变法被贬到一些州县任职，直到宋哲宗继位，才又回到京城。

这期间，他写了很多思乡之作，如这首《苏幕遮》，词人采用虚实结合的手法，将游子的思乡之情，展现得淋漓尽致。

知识拓展

1069年，为了发展生产，实现富国强兵的目的，宋神宗任用王安石为参知政事，次年为宰相，对政治、经济、军事以及教育做了一系列改革，后因宋神宗去世而结束，史称"熙宁变法"或"王安石变法"。

上部草头要扁宽
下部舒展重心稳

小楫轻舟

小楫轻舟

梦入芙蓉

梦入芙蓉

芙浦

芙浦

雨霖铃◎

柳　永

　　寒蝉凄切，对长亭◎晚，骤雨初歇^{xiē}。
都门帐饮◎无绪，方留恋处，兰舟催发。
执手相看泪眼，竟无语凝噎^{yē}。念去去、
千里烟波，暮霭^{ǎi}沉沉楚天◎阔。

　　多情自古伤离别，更那堪^{kān}，冷落
清秋节。今宵酒醒何处？杨柳岸、晓
风残月。此去经年，应是良辰好景虚设。
便纵有、千种风情，更与何人说？

背诵小贴士：带读20遍，独读20遍，背诵10遍，考背5遍。

注释

雨霖铃：词牌名。原为唐教坊曲名，一作《雨淋铃》。

长亭：古代的交通要道边，每隔十里建有一座长亭供人休息，故称"十里长亭"。这里指代送别的地方。

帐饮：在郊外设帐饯行。

楚天：泛指南方楚地的天空。

译文

秋蝉的叫声凄凉而急促，长亭边，正是傍晚时分，一阵急雨刚刚停住。我们在京城郊外设帐饯别，却没有畅饮的心绪，正依依不舍的时候，船家已催着要出发。我们握着对方的手，含泪对视，一时间，哽咽得说不出话来。想到此次一别，千里迢迢，烟波浩渺，遥望楚地的天空，云雾沉沉，竟是一望无边。

自古以来，多情的人总是为离别伤感，更何况是在这冷清、凄凉的秋天！谁知我今夜酒醒时身在何处？怕是已在杨柳岸边，面对清冷的晨风和孤寂的残月了。这一去不知要多少年，即使我遇到再好的天气、再好的风景，也如同虚设。即使有千般情意，又和谁去诉说呢？

文老师讲宋词

词，本是一种与音乐相配合的唱词，被称为"曲子词"。五代及北宋早期，文人根据曲子填的词，多以小令为主。小令是词的一个种类，专指篇幅短小的词，字数通常在58个以内。北宋词人柳永却另辟蹊径，创作了大量慢词，打破了以小令为主的词坛格局。

慢词，顾名思义，是给慢曲子填的词，其篇幅较长，字数通常在90个以上，经柳永的大力创作而盛行起来。柳永在作品中，多运用铺叙的手法（即大量细致的描写），以及一般人能听懂的口语、俗语，来展现主人公内心的真情实感，所以备受百姓和歌女的喜爱。

虽然柳永的词在民间很受欢迎，却不被当权者所喜，以至于仕途不顺，心灰意冷之下，他决定离开京城，在与某位歌女告别时，创作了这篇《雨霖铃》，从此传唱千年，经久不衰。

左右比例要协调

横折钩略带弧度

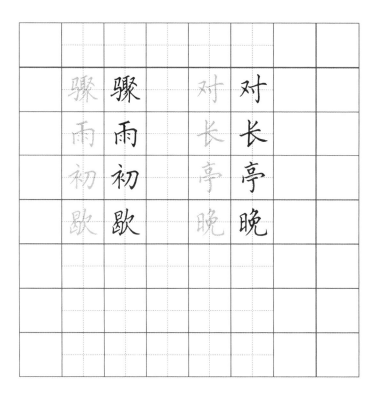

声声慢°

李清照

寻寻觅觅，冷冷清清，凄凄惨惨
戚戚。乍暖还寒°时候，最难将息°。
三杯两盏淡酒，怎敌他°、晚来风急！
雁过也，正伤心，却是旧时相识。

满地黄花堆积，憔悴损°，如今有
谁堪摘？守着窗儿，独自怎生得黑！梧
桐更兼细雨，到黄昏、点点滴滴。这
次第°，怎一个愁字了得！

背诵小贴士：带读20遍，独读20遍，背诵10遍，考背5遍。

注释

声声慢：词牌名。据传蒋捷作此词都用"声"字入韵，故称此名。

乍暖还寒：忽暖忽冷，天气变化无常。

将息：养息，休息。

敌他：对付，抵挡。

损：相当于"极"，表示程度极深。

次第：光景，境况。

译文

四处寻寻觅觅，却只见冷冷清清，怎不让人感到忧愁苦闷。忽暖忽寒的时节，最难休养调理。饮两三杯淡酒，怎么抵挡得住傍晚寒风的侵袭！一行大雁飞过，更勾起我的伤心往事，只因那是往日的相识。

园中菊花堆积满地，都已凋零憔悴，如今还有谁来采摘？冷清清地守着窗子，独自一人怎样熬到天黑！细雨落在梧桐叶上，到了黄昏时分，还在点点滴滴。这光景，用一个"愁"字怎么概括得尽呢！

文老师讲宋词

如果没有金兵入侵，李清照的一生或许会很美满，她与丈夫相亲相爱，又志同道合，除了写诗填词，他们最爱收藏古玩字画。有时遇到一件心仪之物，即使价格昂贵，也不惜典当衣物，将其买下。虽然日子过得并不富裕，但也有滋有味。

可惜，北宋的覆灭彻底改变了夫妻俩的命运，他们被迫迁往南方逃难。不过两年，丈夫赵明诚就因病去世，他们收藏的珍贵文物也在逃难途中损失大半。

李清照的处境每况愈下，在尝遍人生的苦痛后，李清照的词作也由早年的清新明丽转为沉郁凄婉。这首《声声慢》，她用一连串叠词，将亡国之愁、思夫之愁倾泻而出，真是"怎一个愁字了得"！

三点笔意相连

横画注意等距

	凄	凄		冷	冷		
	凄	凄		冷	冷		
	惨	惨		清	清		
	惨	惨		清	清		
	戚	戚					
	戚	戚					

背默小天才

水是 ▢ 波横，山是 ▢ 峰聚。

垂杨 ▢ ▢ 洛城东。总是当时携手处，

▢ ▢ 芳丛。

昨夜西风凋碧树，独上 ▢ ▢ ，望尽天涯路。

多情自古伤 ▢ ▢ ，更那堪，冷落清秋节！

寻寻 ▢ ▢ ，冷冷 ▢ ▢ ，凄凄惨惨戚戚。

似水柔情

如梦令◦

李清照

昨夜雨疏◦风骤◦，浓睡不消残酒◦。试问卷帘人◦，却道海棠依旧。知否，知否，应是绿肥红瘦◦。

背诵小贴士：带读10遍，独读10遍，背诵5遍，考背5遍。

注释

如梦令：词牌名。传说为后唐庄宗制曲。原名《忆仙姿》，又名《宴桃源》。因其中有"如梦。如梦。和泪出门相送"句，苏轼改为今名。

雨疏：雨点稀疏。形容雨下得不大。

风骤：风势又急又猛。

残酒：尚未消散的醉意。

卷帘人：身边的侍女。

绿肥红瘦：绿叶繁茂、红花凋零。

译文

昨夜的雨虽下得不大，风却刮得十分猛烈，沉沉地酣睡一夜，醉意却并未完全消散。我问正在卷帘的侍女，外面的情形如何，她说："海棠花依然和昨天一样美丽。"你可知道，你可知道，现在应该是绿叶繁茂、红花凋零的时节了。

文老师讲宋词

词坛文人多爱以闺阁女子为对象，描写她们的生活与情感，这类作品被称为"闺情词"。最擅长写闺情词的，是"千古第一才女"李清照。

李清照出身于书香门第，从小就饱读诗书，对诗文、音律、绘画无所不通。十几岁时，她跟随父亲来到汴京，不久就写下这首《如梦令》，轰动全城。这阕词写法很特别，没有直接写春天的离去，而是从前一天晚上写起，通过问答的形式，烘托出自己的感情。最值得回味的是那句"绿肥红瘦"，运用白描的手法，将作者的惜春之情展现得淋漓尽致。

后来，她又以"瘦"字入词，留下另外两个经典名句："新来瘦，非干病酒，不是悲秋。""莫道不消魂，帘卷西风，人比黄花瘦。"人们由此亲切称她"李三瘦"。

知识拓展

白描，本是中国传统绘画的技法之一。运用到诗词的创作上，是指用朴实、简洁的文字，不加渲染烘托，准确地描绘出鲜明生动的文学形象。

上下结构要均匀
一撇一点要有力

	应	应		知	知		
	是	是		否	否		
	绿	绿					
	肥	肥		知	知		
	红	红		否	否		
	瘦	瘦					

卜算子

李之仪

我住长江头◦，君住长江尾。

日日思君不见君，共饮长江水。

此水几时休◦，此恨何时已◦。

只愿君心似我心，定◦不负相思意。

背诵小贴士：带读10遍，独读10遍，背诵5遍，考背5遍。

注释

长江头：指长江上游的四川一带。

休：停止。

已：完结。

定：此处为衬字。在词规定的字数外，适当地增添一两个字，以便更好地表达情意，这样的字就是"衬字"，也称为"添声"。

译文

我住在长江上游，你住在长江下游。每天都很想念你，却总是见不到你，好在我们一同饮着长江之水。

这条江水何时不再这般流动？这份离恨什么时候才能完结？只愿你的心如我的心一般坚定不移，就不会辜负我这份相思之意。

文老师讲宋词

诗与词是两种不同的文学体裁，常言道"诗言志，词言情"，即写诗要有思想内涵，而词多表达内心情感。宋代文人笔下的词，多以相思离别为主题，这首《卜算子》就是其中的代表之一。

作者李之仪是北宋文学家，与苏轼情谊深厚，可惜仕途不顺，因得罪朝中奸臣蔡京而被贬太平州（今安徽当涂），接着妻子、儿女相继离世，一连串的打击，使他疾病缠身。他本打算在病痛中叹惋一生，却不想遇见了歌姬杨姝，两人成为知音、伴侣。

有一天，他们来到长江边，面对奔流不息的江水，李之仪创作了这首经典词作。时至今日，人们依然爱用这句"只愿君心似我心，定不负相思意"，来向心上人表达心意。

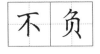

布空要均匀

撇和点平齐

生查子^{zhā}·元夕

欧阳修

去年元夜时，花市灯如昼^{zhòu}。

月上柳梢头，人约黄昏后。

今年元夜时，月与灯依旧。不见去年人，泪湿春衫^{shān}袖。

背诵小贴士：带读10遍，独读10遍，背诵5遍，考背5遍。

注释

生查子：原唐教坊曲名，后用为词牌名。又名《绿罗裙》《陌上郎》等。

元夜：正月十五元宵节的夜晚。

花市：繁华的街道。从唐朝开始，元宵节就有观花灯闹夜的习俗。

灯如昼：形容灯火通明，亮得像白天一样。由此可见当时的元宵节有多繁华热闹。

春衫：年少时穿的衣服，也代指年轻时的自己。

译文

去年的元宵之夜，街市上灯火通明，照得如同白昼一般。我们相约在黄昏之后、月上柳梢头之时，同叙衷肠。

今年的元宵之夜，月光、灯光依然和去年一样。可是我却再也见不到去年的心上人，泪珠儿不觉湿透了衣袖。

文老师讲宋词

中国的传统节日，最隆重的当数春节，但对宋朝人来说，最盛大的节日，是比春节还要热闹的元宵节。北宋初年，每到正月十四至正月十六，都会举办元宵灯会，届时全国各地城门大开，彻夜不闭，大街小巷人潮涌动，好不热闹。就连宋朝皇帝也会在元宵节这天，出现在宣德门城楼上，与百姓一起观灯。

那些受封建礼教约束、平日不能出门的未婚女子，也被允许出来赏灯。她们身穿白色衣裙，在月光的映衬下，更显得清丽动人。不少文人因此有感而发，用最优美的笔触，写下一首首元宵词作，比如欧阳修创作的这首《生查子·元夕》。其中的"月上柳梢头，人约黄昏后"，更是因意境优美而流传千古。

上下布局要紧凑

横与横等距平行

长相思[◎]

林 逋^{bū}

吴山[◎]青，越山[◎]青。两岸青

山相送迎，谁知离别情？

君泪盈^{yíng◎}，妾泪盈^{qiè}。罗带同

心结[◎]未成，江头潮已平[◎]。

背诵小贴士：带读10遍，独读10遍，背诵5遍，考背5遍。

注释

长相思：词牌名，原唐教坊曲名。因梁陈乐府《长相思》而得名，亦称《双红豆》《忆多娇》。

吴山：指钱塘江北岸的山，在古代属于吴国。

越山：指钱塘江南岸的山，在古代属于越国。

泪盈：含泪欲滴的样子。

同心结：古代男女定情时，往往用丝绸带打成一个心形的结，叫作"同心结"。

潮已平：江水已涨到与岸相齐。

译文

看吴山青青，看越山青青，钱塘江两岸的青山相对而立，仿佛在为人送行，可它们懂得这份离别之情吗？

你泪眼盈盈，我泪眼盈盈，你我虽已定情，却无法相守终身。就像江潮过后，水面恢复平静，船儿注定会去往远方。

文老师讲宋词

　　林逋是北宋初年的著名隐士，一直住在杭州西湖的孤山上。他一生淡泊名利，既不爱做官，也不曾娶妻，终日种梅花、养仙鹤，与湖山为伴，因而得了个"梅妻鹤子"的雅号。

　　虽然隐居山林，林逋的名气却很大，时常有人慕名来访。林逋每次乘船出去时，家里若来了客人，守门的童子就会放飞仙鹤，林逋只要看见仙鹤，便会划船归来。

　　林逋的不同凡响，甚至惊动了当朝皇帝，皇帝不仅赐给他粮食和布匹，还诏告当地官员，要好好照顾这位隐士。林逋很感激皇帝的关心，但从不以此自傲。

　　这样一位看似不食人间烟火的词人，却特别擅长情感描写，他用一首《长相思》，将恋人离别时的悲情，写得格外令人动容。

中间一竖稍长

左右两竖稍短

	谁	谁		两	两		
	知	知		岸	岸		
	离	离		青	青		
	别	别		山	山		
	情	情		相	相		
				送	送		
				迎	迎		

卜算子

程 垓 (gāi)

独自上层楼，楼外青山远。

望到斜阳欲尽时，不见西飞雁(yàn)◎。

独自下层楼，楼下蛩(qióng)◎声怨。

待到黄昏月上时，依旧柔肠断。

背诵小贴士：带读10遍，独读10遍，背诵5遍，考背5遍。

注释

西飞雁：从西边飞回的大雁。

蛩：蟋蟀。

译文

独自登上高楼，抬头遥望远方，只见青山若隐若现。望到夕阳即将消失时，还是不见大雁飞来传音信。

独自走下高楼，只听蟋蟀声声，仿佛凄怨无比。待到黄昏明月升起时，这份相思之情，依然让人柔肠寸断。

文老师讲宋词

在群星璀璨的宋代词坛上，有一位心思细腻、情感丰富的词人，名叫程垓，他是苏轼表亲的后代，与著名文学家杨万里、陆游都是好友。他很擅长刻画女性心理，创作了不少经典的相思词。这首《卜算子》，词人以思妇为描写对象，用一"上"一"下"两个对立的动作，将其内心的相思之情展现到极致。

词中所写的"飞雁"，是一种群居在水边的大型候鸟，俗称大雁、鸿雁。它们会随着季节的变更而迁徙，每到秋天，就会从北方飞往南方过冬，到了第二年春天，再飞回北方，非常守时。由于古代通信不便，人们就将书信绑在大雁腿上，趁它们迁徙时传递消息。所以，诗词中的"大雁""鸿雁"常代指书信。

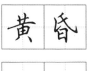

左竖长而有力
日字间空均匀

依旧柔肠断

待到黄昏月上时

77

减字木兰花°·春怨

朱淑真^{shū}

独行独坐，独唱独酬^{chóu}还独卧。

伫立°伤神，无奈轻寒著摸°人。

此情谁见，泪洗残妆^{zhuāng}无一半。

愁病相仍°，剔尽寒灯梦不成°。

背诵小贴士：带读10遍，独读10遍，背诵5遍，考背5遍。

注释

减字木兰花：词牌名，词牌《木兰花》的一种变体，其第一、第三、第五、第七句，每句减三字，成为四字句。

伫立：久久地站立。

著摸：撩拨，招惹。

相仍：依然，仍旧。

梦不成：形容难以入睡。

译文

无论是走是坐，无论独自吟咏还是互相唱和，乃至上床休息，我都是独自一人。一个人久久地站立深思，让我黯然神伤。这微寒的天气撩拨我的愁绪，使我内心更加苦闷。

这份愁绪有谁能够见到，想到这里，我不禁泪流满面，把上好的妆容冲掉了一大半。寒夜里，我拖着生病的身躯，在万般愁绪中，把灯芯挑了又挑，辗转反侧，就是睡不着。

文老师讲宋词

　　说起宋代著名女词人，人们往往会想到李清照，其实还有一位女词人，她的才华不输李清照，还有着倾国倾城的容貌，画作更获得过"女流之杰"的赞誉，她就是朱淑真。

　　和李清照一样，朱淑真也出身于富裕家庭，才华横溢且受到良好的教育。只可惜婚姻不幸，她在父母的安排下，嫁给了一个庸俗的小吏。由于志趣不相投，两人感情并不和睦，朱淑真被弃置在深闺大院中，只能以写词度日，这首《减字木兰花·春怨》，就是这个时期创作的。

　　在这段不幸的婚姻中，朱淑真饱受压抑、痛苦，她将满腹的愁怨全部写进了这首词中。五个"独"字，就是她寂寞生活的写照。她也曾奋起反抗，想去追寻真正的爱情，却被世俗所不容，最后抑郁而终。

布局左高右低
竖钩挺拔有力

剔	剔		愁	愁		
尽	尽		病	病		
寒	寒		相	相		
灯	灯		仍	仍		
梦	梦					
不	不					
成	成					

醉花阴◎

李清照

薄雾浓云愁永昼◎，瑞脑◎销金兽◎。佳节又重阳，玉枕纱厨，半夜凉初透。

东篱◎把酒黄昏后，有暗香盈袖。莫道不销魂◎，帘卷西风，人比黄花瘦。

背诵小贴士：带读15遍，独读15遍，背诵10遍，考背5遍。

注释

醉花阴：词牌名，又名《醉春风》《醉花去》。

永昼：漫长的白天。

瑞脑：一种薰香名，又称龙脑。

销金兽：兽形香炉里的香料逐渐燃尽。

东篱：泛指采菊之地。出自陶渊明的《饮酒》："采菊东篱下，悠然见南山。"

销魂：形容极度忧愁、悲伤。

译文

整个白天都被薄雾浓云笼罩，香炉里的瑞脑香逐渐燃尽。又是一年重阳佳节，睡在玉枕纱帐中，半夜的凉气已将我全身浸透。

黄昏我来到东篱举杯独酌，菊花淡淡的香气盈满了衣袖。千万不要说没有凄然伤神啊，每当秋风吹动帷帘，只见帘内的人儿，比那菊花还要消瘦呢。

文老师讲宋词

告别无忧无虑的少女时代，李清照嫁了位如意郎君——赵明诚。婚后两人情投意合，经常在一起探讨诗词，还爱玩"赌书"的小游戏，即一方念一句诗，让对方猜出它在哪本书的哪一页、哪一行，谁猜对了谁先喝茶。李清照百猜百中，每当她端起茶杯，赵明诚就会用一句玩笑话将她逗得哈哈大笑，以致茶水泼了一身，两人为此笑得前仰后合，日子过得很是甜蜜。

可惜好景不长，赵明诚被调往外地做官，两人不得不分离。这一年重阳节，李清照独自在家，十分想念赵明诚，便写下这首《醉花阴》，寄给丈夫。赵明诚看见这首词，又喜又叹，为了回寄一首词给爱人，他一连写了50篇词作，然后和李清照的词放在一起，拿去问好友哪首最好。好友看完后，说："只三句绝佳。"正是李清照写的"莫道不销魂，帘卷西风，人比黄花瘦"。赵明诚不得不甘拜下风，对李清照的才华更是仰慕不已。

左部要窄而短
右部宜宽而长

钗头凤◎

陆 游

红酥手◎，黄滕酒，满城春色宫墙柳。东风恶，欢情薄。一怀愁绪，几年离索。错、错、错！

春如旧，人空瘦，泪痕红浥◎鲛绡◎透。桃花落，闲池阁。山盟虽在，锦书◎难托。莫、莫、莫！

背诵小贴士：带读15遍，独读15遍，背诵10遍，考背5遍。

注释

钗头凤：词牌名，取自词句"可怜孤似钗头凤"。凤钗为古代女子首饰，钗头作凤形。

红酥手：红润得像酥一样滑润的手。

浥：湿润。

鲛绡：神话传说中鲛人所织的薄纱，后来泛指薄纱，这里指手帕。

锦书：书信。

译文

你红润酥腻的手里，捧着一杯黄縢酒。满城摇曳着春天的景色，宫墙内长着绿柳。东风是多么可恶，把我们的情感吹得那样稀薄。我心里满怀愁绪，离别几年来，我过得十分孤独。遥想当初，只能感叹："错！错！错！"

美丽的春景依旧，人却因相思而变得消瘦。泪水混着胭脂红，把薄纱手帕全都湿透了。桃花凋落在寂静的池塘楼阁上。永远相爱的誓言还在，可书信再也难以寄托。遥想当初，只能感叹："莫！莫！莫！"

文老师讲宋词

浙江绍兴有一座宋代江南园林，名为沈园，因墙上题有两首《钗头凤》而闻名，其中之一就是陆游的这首名作，另一首由唐婉所写。两首词虽出自不同作者之手，却诉说着同一段凄美的爱情故事。

陆游与唐婉本是恩爱夫妻，婚后两人经常待在一起，不是吟诗，就是作画，这引起了陆母的强烈不满。陆母希望陆游能安心读书，通过科举考试求得官职，眼见陆游不思进取，唐婉又迟迟没有生育，便强迫陆游休妻。陆游是个孝子，无奈之下，只得忍痛与唐婉分离。词中的"东风恶，欢情薄"，说的就是他的母亲像东风一样可恶，把他和唐婉的欢情吹得稀薄。

一别多年，两人在沈园相遇，却已物是人非。望着早已为人妇的唐婉，陆游难过极了，于是在墙上写下这首《钗头凤》。他不曾想到的是，后来唐婉重游沈园，目睹此词，心如刀割，含泪回了一首《钗头凤》，不久就病逝了。而陆游只能在思念与悔恨中，了却余生。

左右布局平稳
框中一横要短

	满城春色宫墙柳	满城春色宫墙柳	红酥手	红酥手		
			黄滕酒	黄滕酒		

一剪梅◎

李清照

红藕◎香残玉簟◎秋。轻解罗裳，
独上兰舟。云中谁寄锦书来？雁字◎回
时，月满西楼。

花自飘零水自流。一种相思，两
处闲愁。此情无计◎可消除，才下眉头，
却上心头。

背诵小贴士：带读15遍，独读15遍，背诵10遍，考背5遍。

注释

一剪梅：词牌名，亦称《腊梅香》《玉簟秋》。宋周邦彦词有"一剪梅花万样娇"句，故名。

红藕：红色的荷花。

玉簟：光滑如玉的竹席。

雁字：雁群飞行时，常排列成"人"字形或"一"字形，因而称作"雁字"。

无计：没有办法。

译文

荷花已经凋谢，香味消散，冷滑如玉的竹席，透出凉凉的秋意。轻轻地提着薄纱罗裙，独自乘上一叶扁舟。仰头凝望天空，那白云舒卷处，谁会将书信寄来？也许是雁群排着整齐的队伍飞回之时，皎洁的月光，正洒满西边的亭楼。

花，自顾自地凋零；水，自顾自地流淌。同一种离别的相思，牵动着你我的愁绪。无法排遣的这相思、离愁，刚刚从微蹙的眉间消失，又隐隐地缠绕上了心头。

文老师讲宋词

北宋时期，朝廷党派斗争激烈，一方是以王安石为首的新党，主张变法改革，富国强兵；另一方是以司马光为首的旧党，反对改革。两党互不相让，矛盾越积越深。宋徽宗时，新党得势，便对旧党进行打击报复。首当其冲的，是与苏轼有关的众人。

李清照的父亲李格非，是苏轼的学生，被罢官并逐出京城，李清照因此受到牵连，在婚后第二年，被迫与丈夫分离，回到娘家。没想到这一别竟是许久，李清照常常独守空闺，思夫之情愈来愈深，于是她将内心的离愁别绪，都化作一篇篇相思词作，这首《一剪梅》就是代表作之一。

全词意境幽美、格调清新，采用移情入景的表现手法，将女性内心的诚挚情感，展现得委婉动人，那句"此情无计可消除，才下眉头，却上心头"，更成了千古绝唱。

消除 眉头

 眉

左边一撇要伸展
下部横画要等距

	才	才	此	此		
	下	下	情	情		
	眉	眉	无	无		
	头	头	计	计		
	却	却	可	可		
	上	上	消	消		
	心	心	除	除		
	头	头				

江城子·乙卯正月二十日夜记梦

苏　轼

　　十年生死两茫茫，不思量，自难忘。千里孤坟，无处话凄凉。纵使相逢应不识，尘满面，鬓如霜。

　　夜来幽梦忽还乡，小轩窗，正梳妆。相顾无言，惟有泪千行。料得年年肠断处，明月夜，短松冈。

背诵小贴士：带读15遍，独读15遍，背诵10遍，考背5遍。

注释

江城子：词牌名，亦名《江神子》《水晶帘》等。取自五代欧阳炯词"如西子镜，照江城"，故名。

乙卯：宋神宗熙宁八年（1075）。

千里：苏轼妻子王弗葬于眉山东北（今四川眉山彭山区苏洵夫妇墓旁），与苏轼任所山东密州相距遥远，故称"千里"。

尘满面，鬓如霜：形容饱经沧桑，面容憔悴。

译文

你我生死永隔已经十年，我强忍着不去思念，却始终难以忘怀。你的孤坟远在千里之外，我无处向你倾诉心中的悲凉。纵然夫妻相逢，你也认不出我，因为我已饱经沧桑，面容憔悴。

昨夜我在梦中回到了家乡，只见你在小窗前对镜梳妆。你我二人默默相对，千言万语不知从何说起，只有泪流满面。想到那个年年让我痛断肝肠的地方，便是那明月照耀下、长满矮松的孤坟。

文老师讲宋词

苏轼是宋代极负盛名的文学家，他继承恩师欧阳修的革新精神，一改柔婉、绮丽的词风，将诗的题材、内容、风格等引入词的领域，开创了与婉约派并立的豪放派。虽然他的词作多以豪放见长，但也不乏一些经典的婉约之作，如这首《江城子·乙卯正月二十日夜记梦》，是苏轼写给妻子王弗的。

王弗是苏轼的第一任妻子，她知书达理，聪敏贤惠，陪伴年轻的苏轼度过了一段美满的生活。然而世事无常，王弗二十七岁就病逝了，苏轼悲痛欲绝。为了寄托哀思，他在葬妻之地种下松树，以陪伴亡妻。

时间一晃就是十年。宋神宗熙宁八年（1075），苏轼在山东密州做官，正月二十这晚，他梦到回到故乡，仿佛看见王弗在对镜梳妆，她的音容笑貌，仍和当年一样，两人相对无言，泪却千行。醒来后，巨大的悲恸涌上心头，苏轼写下了这阕词，怀念亡故的妻子。

整体上窄下宽

卧钩弯度要小

| | 不思量 自难忘 | 不思量 自难忘 | 十年生死两茫茫 | 十年生死两茫茫 | | |

背默小天才

知否，知否，应是 ☐☐ 肥 ☐☐ 瘦。

月上柳梢头，人约 ☐☐ 后。

莫道不销魂，帘卷 ☐☐，人比黄花 ☐。

此情无计可消除，才下 ☐☐，却上 ☐☐。

☐☐ 生死两茫茫，不思量，自难忘。

感慨抒怀

丑奴儿·书博山道中壁

辛弃疾

少年不识愁滋味，爱上层楼。
爱上层楼，为赋新词强说愁。

而今识尽愁滋味，欲说还休。欲
说还休，却道"天凉好个秋"！

背诵小贴士：带读10遍，独读10遍，背诵5遍，考背5遍。

注释

丑奴儿：词牌名，又名《采桑子》。

博山：位于今江西广丰县西南30余里，远望犹如庐山的香炉峰。

不识：不懂。

强：竭力，极力。

译文

年少时不懂忧愁的滋味，总是喜欢登高远望。为了写一首新词，心里明明没有愁绪，却勉强说愁。

如今尝够了人世间忧愁的滋味，想说却说不出。只能感慨道："好一个凉爽的秋天啊！"

文老师讲宋词

1127年，北宋灭亡后，宋徽宗之子赵构在应天府（今河南商丘）称帝，重建宋朝政权，史称南宋。面对虎视眈眈的金兵，南宋朝廷内部形成了两大派别，一个是主和派，一个是主战派。当时南宋国力衰微，当权者不愿冒着失败的风险北伐，所以主和派一直占据上风，并不断打压主战派人士。

身为主战派的代表人物，辛弃疾文武双全，才华盖世，尽管他一生都渴望杀敌报国，收复大宋河山，却始终得不到重用，以至于壮志难酬。又一次被罢官后，四十一岁的辛弃疾回到江西上饶，开始了近二十年的乡村生活。

他常常独自来到博山，遥望北方失地，想到朝廷一味求和，百姓苦不堪言，自己空有满腔热血却报国无门，顿感愁绪满怀，于是在石壁上题了这首《丑奴儿·书博山道中壁》。他用一句"天凉好个秋"，道尽了说不出的愁滋味。

左部不宜太宽
竖弯钩要舒展

	却		欲		
	道		说		
	天		还		
	凉		休		
	好				
	个				
	秋				

菩萨蛮°·书江西造口°壁

辛弃疾

郁孤台°下清江°水，中间多少行人泪。西北望长安，可怜无数山。

青山遮不住，毕竟东流去。江晚正愁余°，山深闻鹧鸪°。

背诵小贴士：带读10遍，独读10遍，背诵5遍，考背5遍。

注释

菩萨蛮：唐教坊曲名，后用作词牌，也用于曲牌。又名《子夜歌》《重叠金》等。

造口：即造口镇，位于今江西万安南60里处。

郁孤台：位于今江西赣州西北的贺兰山顶。

清江：指赣江，长江支流之一，自南向北纵贯江西省。

愁余：使我发愁。

鹧鸪：一种鸟，其啼声哀怨凄苦。

译文

郁孤台下这浩荡的清江水，藏着多少行人的眼泪。我面向西北眺望长安，却只能看到无数座青山。

青山挡不住江水，浩荡的江水终会向东流去。夕阳西下，我正满怀愁绪，只听到深山里传来阵阵鹧鸪的啼声。

文老师讲宋词

若问谁是武将中最会写词的文人，谁是文人中最会打仗的武将，那一定是辛弃疾。辛弃疾出生时，家乡已被金人占领，养育他的祖父虽被迫在金国任职，却始终心存故国，并时常教育辛弃疾：身为大宋子民，一定要收复失地，报国雪耻。

在祖父的悉心教导下，辛弃疾不仅文采出众，还武功高强，带兵打仗更是不在话下。辛弃疾二十一岁参加抗金义军，后投奔南宋朝廷，本想上战场大展身手，实现收复失地的理想，可当权者却执意求和。辛弃疾虽有一身本事，却得不到重视，朝廷只将他派往南方各地，处理一些文职工作。

淳熙二年（1175），辛弃疾从湖南去往江西任职，当他经过江西造口镇时，看见日夜奔流不息的江水，不由得思绪起伏，写下这阕词，借此抒发自己内心的苦闷，以及希望为国战斗的决心。

上部偏旁要扁宽
下部横画要拉长

浣溪沙

晏 殊

一曲新词酒一杯，去年天气°旧亭台°。夕阳西下几时回？

无可奈何花落去，似曾相识°燕归来。小园香径独徘徊°。

背诵小贴士：带读10遍，独读10遍，背诵5遍，考背5遍。

注释

去年天气：跟去年相同的天气。

旧亭台：曾经到过或熟悉的亭台楼阁。

似曾相识：好像曾经认识。

徘徊：来回走动。

译文

听一曲新词，饮一杯美酒，这时的天气，与去年相同，映入眼帘的，依然是往日的亭台楼阁。渐渐西斜的夕阳，不知何时会再回来？

眼见百花凋零，却无可奈何，去年似曾见过的燕子，已从南方飞了回来。我走在落花遍地的园中小路上，独自寂寞徘徊。

文老师讲宋词

晏殊是北宋初期的重要词人，他继承了南唐、五代清丽典雅的词风，创作了许多脍炙人口的小令，尤其是这首《浣溪沙》，题材看似寻常的伤春惜时，却蕴藏着对宇宙人生的哲思，对时光流逝的感慨。

据说词中的点睛名句——"无可奈何花落去，似曾相识燕归来"，来自一位后辈的灵感。有一年春天，身居高位的晏殊路过扬州，专程到大明寺一游。这座古寺设有"诗板"（题诗的木板），文人们来观光后，都会在上面创作诗词。晏殊饶有兴致地看着诗板，忽然发现一首《扬州怀古》写得不错，原来是当地文官王琪的作品，于是派人请来王琪，共同探讨诗词。

晏殊对王琪说，自己偶得一句好词，却迟迟写不出下句，想请王琪帮忙。这句词就是"无可奈何花落去"。王琪思索片刻，脱口而出："似曾相识燕归来。"晏殊听罢欣赏不已，并由此创作了这首《浣溪沙》。

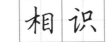

撒捺要伸展
布白要均匀

	似	似		无	无		
	曾	曾		可	可		
	相	相		奈	奈		
	识	识		何	何		
	燕	燕		花	花		
	归	归		落	落		
	来	来		去	去		

虞美人°·听雨

蒋 捷

少年听雨歌楼上，红烛昏罗帐°。壮年听雨客舟中，江阔云低，断雁°叫西风。

而今听雨僧庐°下，鬓已星星°也。悲欢离合总无情，一任°阶前，点滴到天明。

背诵小贴士：带读15遍，独读15遍，背诵10遍，考背5遍。

注释

虞美人：唐教坊曲名，原为古琴曲名，后用为词牌，取名于项羽宠姬虞美人。

罗帐：古代床上的纱幔。

断雁：离群的孤雁。

僧庐：僧人的住处。

星星：形容白发很多，点点如星。

一任：听凭。

译文

年少时，在表演歌舞的楼上听雨，只见红烛盏盏，昏暗的灯光下，罗帐轻摇。人到壮年，在客舟中听雨，茫茫江面，水天一线，西风中有只离群的孤雁在哀鸣。

如今在寺庙屋子里听雨，两鬓早已斑白。人生的悲欢离合，总是无情，还是任凭台阶前一滴滴的小雨下到天亮吧。

文老师讲宋词

宋词中，以"雨"为主题的佳作比比皆是，大多数词人所写的，都是某一场风雨。他们借此抒发内心的感悟，而蒋捷在这首《虞美人·听雨》中，细诉了少年、壮年、暮年时期的三场雨，他以"听雨"为线索，展现了世事无常的人生。

蒋捷生于南宋末年，幼时便在诗歌方面展露才华，年轻时考中进士，经历了几年官场浮沉，元军就攻破了南宋都城临安（今浙江杭州），南宋灭亡。为了笼络人心，元朝统治者任用南宋文人为官，有朋友推荐蒋捷，蒋捷却放弃了出仕为官的机会，选择成为一名隐士，开始了孤苦、漂泊的生活。这阕词可以说是他一生的写照，读来令人感慨。

蒋捷一生爱竹，曾以"竹山"为名号，表明了其守节不渝的心迹。世人都很钦佩他的气节，所以尊称他为"竹山先生"。

整体左窄右宽

注意疏密得当

 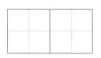

	鬓		而	
	已		今	
	星		听	
	星		雨	
	也		僧	
			庐	
			下	

水调歌头

苏 轼

丙辰中秋，欢饮达旦，作此篇兼怀子由。

明月几时有？把酒问青天。不知天上宫阙（què），今夕是何年。我欲乘风归去，又恐琼（qióng）楼玉宇，高处不胜寒。起舞弄清影，何似在人间。

转朱阁，低绮（qǐ）户，照无眠。不应有恨，何事长（cháng）向别时圆？人有悲欢离合，月有阴晴圆缺，此事古难全。但愿人长久，千里共婵娟（chán juān）。

背诵小贴士：带读20遍，独读20遍，背诵20遍，考背10遍。

注释

水调歌头：词牌名。唐代有大曲《水调》，大曲的首章称作"歌头"，《水调歌头》是用唐代的曲名另制新曲而成。

子由：苏轼的弟弟苏辙，字子由。

琼楼玉宇：美玉砌成的楼宇，指想象中的月中仙宫。

绮户：雕饰华丽的门窗。

婵娟：指月亮，特指明亮的满月。

译文

明月从何时开始出现的？我端起酒杯遥问苍天。不知天上的宫殿里，现在是何年何月。我想要乘着清风飞上天宫，又怕美玉砌成的楼宇太高了，受不住那寒意。起舞时只有孤单的清影，哪里比得上在人间。

月儿已绕过朱红色的楼阁，低低地挂在雕花的窗户上，照着难以入眠的人。明月不会对人们有什么怨恨吧，为何偏在人们离别时才圆呢？人世间充满了悲欢离合，月亮变幻着阴晴，时圆时缺，这种事自古以来总难两全。只希望我思念的人都平安健康，即使相隔千里，也能共同欣赏这一轮明月。

文老师讲宋词

唐宋时期，有八位优秀的散文家，被称为"唐宋八大家"，其中宋代苏家父子就占了三席，分别是苏洵、苏轼和苏辙。苏轼和苏辙兄弟俩，不仅才华横溢，还手足情深，堪称千古典范。

他们虽是一母同胞，却性格迥异。哥哥苏轼性格豪放、直率，喜欢有话直说，很容易得罪人，以致仕途坎坷，曾多次被降职、流放；弟弟苏辙则性格沉稳、内敛，每当苏轼遭受劫难，他总是尽最大努力去帮助哥哥，还不忘提醒他：交友要谨慎，遇事千万别冲动。

宋神宗熙宁九年（1076）的中秋节，苏轼在密州（今山东诸城）做官，"每逢佳节倍思亲"，想到和弟弟已经有六七年没团聚了，不由得分外想念。他一边喝酒、赏月，一边挥毫写下这首传世名词。后来人们常用这句"但愿人长久，千里共婵娟"，来表达对远方亲人的思念之情。

重心切记平稳

折笔处勿粗重

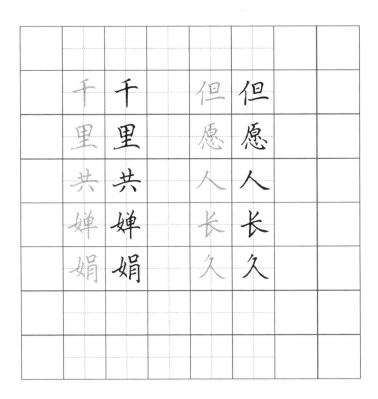

千里共婵娟

但愿人长久

青玉案

贺　铸

凌波不过横塘路，但目送，芳尘去。锦瑟华年谁与度？月桥花院，琐窗朱户，只有春知处。

飞云冉冉蘅皋暮，彩笔新题断肠句。试问闲愁都几许？一川烟草，满城风絮，梅子黄时雨。

背诵小贴士：带读15遍，独读15遍，背诵10遍，考背5遍。

注释

青玉案：词牌名。又名《一年春》《西湖路》等。

凌波：形容女子步态轻盈。

横塘：堤名，位于苏州城外，作者在苏州时住附近。

锦瑟华年：指美好的青春年华。

琐窗：雕刻着连环形花纹的窗子。

梅子黄时雨：初夏时节，江南一带的梅子成熟时，多连绵阴雨，俗称"梅雨"。

译文

　　她步态轻盈地从横塘对面走过，我目送她像芳尘一样离去。正是美好的青春年华，不知何人能与她欢度。月桥边的开满鲜花的院子，朱红色的大门后的雕花窗下，大概只有春风才知道她的居处。

　　天上的云彩缓缓流过，长着香草的沼泽在暮色中若隐若现，我提笔写下这断肠的新词。若问我的闲愁究竟有几许，就像那烟雾笼罩下的遍地青草，满城飞舞的柳絮，梅子黄时绵绵不绝的细雨。

文老师讲宋词

在充满文艺气息的宋代，文人们大多气质儒雅、温润如玉，有位文人却格外与众不同，他身材异常魁梧，面色青黑如铁，眉毛倒竖，人送外号"贺鬼头"，他就是北宋最独特的词人——贺铸。

外表粗犷的贺铸，有着惊人的才华。他笔下的词作，兼具豪放与婉约的风格，既显得悲壮雄豪，又雍容妙丽，可谓刚柔并济，贺铸留下的词作有二百八十余首。

他最为人们所称赞的，是那些描写情愁的作品，其中流传最广的，是这首《青玉案》，凭借词中一句"一川烟草，满城风絮，梅子黄时雨"便成经典。词人连用"烟草""风絮""梅雨"三种意象，将不可触摸的愁思转化为可见的实景，这种构思，堪称绝妙。

整体左窄右宽

点撇注意避让

	梅	梅	满	满		
	子	子	城	城		
	黄	黄	风	风		
	时	时	絮	絮		
	雨	雨				

临江仙◦·夜登小阁，忆洛中旧游

陈与义

忆昔午桥◦桥上饮，坐中多是豪英。长沟◦流月去无声。杏花疏影里，吹笛到天明。

二十余年如一梦，此身虽在堪惊。闲登小阁看新晴◦。古今多少事，渔唱起三更。

背诵小贴士：带读15遍，独读15遍，背诵10遍，考背5遍。

注释

临江仙：唐教坊曲名，后作词牌。

午桥：位于今河南洛阳。唐代宰相裴度曾在此建有别墅。

长沟：指洛河。

新晴：指雨后初晴。

译文

回忆当年在洛阳午桥饮酒，在座的多是英雄豪杰。月光倒映在长河中，随着水波悄悄流逝。在杏花稀疏的花影中，我们吹起竹笛直到天明。

这二十余年仿佛一场梦，虽劫后余生，但每每想起一切，仍是心惊胆寒。如今我闲来无事登上小楼，观赏雨后初晴的景致。古往今来多少事，都化作了渔人三更的歌声。

文老师讲宋词

陈与义生活在两宋交替之际，前半生富贵无忧，曾以一组诗《和张规臣水墨梅五绝》受到皇帝赏识，并委以重任。可惜他当官不久，金朝就开始攻打北宋，并于1127年攻破都城汴京，史称"靖康之变"。

随着北宋的灭亡，陈与义的人生也被颠覆了，他和无数难民一起，四处躲避，开始了颠沛流离的生活，直到几年后，才抵达南宋首都临安。

痛苦的流亡生涯使陈与义的诗词风格发生了转变，他开始学习杜甫，将自身遭遇与国家命运紧密相连，创作了不少名篇佳作。

陈与义一生写诗数百首，词作却不多，但每首词都堪称宋代词坛精品，如这首《临江仙·夜登小阁，忆洛中旧游》。词人通过回忆多年前在洛阳午桥聚会游乐的旧事，抒发了面对北宋灭亡时的悲痛之情，以及今昔巨变的感慨。

上下要紧凑

布局要合理

	坐	坐		忆	忆		
	中	中		昔	昔		
	多	多		午	午		
	是	是		桥	桥		
	豪	豪		桥	桥		
	英	英		上	上		
				饮	饮		

定风波◎

苏　轼

三月七日，沙湖◎道中遇雨，雨具先去，
同行皆狼狈，余独不觉。已而◎遂晴，故作此词。

莫听穿林打叶声，何妨吟啸◎且徐行。
竹杖芒鞋轻胜马，谁怕？一蓑烟雨任平生。
料峭春风吹酒醒，微冷，山头斜照却
相迎。回首向来萧瑟处，归去，也无风雨
也无晴◎。

背诵小贴士：带读15遍，独读15遍，背诵10遍，考背5遍。

注释

定风波：词牌名。原唐教坊曲名，据说由五代词人欧阳炯首创。

沙湖：位于今湖北黄冈东南三十里处。

已而：过了一会儿。

吟啸：高声吟咏。

也无风雨也无晴：指作者既不怕天气的阴晴风雨，也不怕政治上的各种风波。

译文

不必听那穿林打叶的雨声，不妨一边高声吟唱，一边缓步而行。挂竹杖、穿草鞋，走得比骑马还轻快，怕什么呢？即使身披蓑衣，任凭风雨侵袭，我也能逍遥自在地度过一生。

春风微凉，将我的酒意吹醒，不禁感到有些寒冷，此刻天气初晴，山头的斜阳也露了出来欢迎我。回头望一眼曾风雨萧瑟的来路，我信步归去，哪管它是刮风下雨还是天晴。

文老师讲宋词

苏家有"三杰"——苏洵、苏轼和苏辙，其中苏轼名声最大、成就最高，堪称北宋文坛的"超级偶像"。崇拜他的人，上至皇亲国戚，下至平民百姓，难以计数。

1079年，苏轼去湖州任职，写了一篇《湖州谢上表》。当时王安石正在进行变法，苏轼认为其中存在弊端，在文中表达了自己的不满，遭到新党的陷害，被关进御史台，差点性命难保，后来被贬到黄州（今湖北黄冈），史称"乌台诗案"。

面对惨痛的政治打击，苏轼不但没有气馁，反而泰然处之。1082年三月七日这天，苏轼和朋友出游，不料一场风雨突然袭来，大家都被淋得很狼狈，苏轼却毫不在乎，他一边缓步前行，一边享受着这独特的雨中风光。苏轼用"一蓑烟雨任平生"告知世人：只要心胸开朗，意志坚定，无论遭遇多大的人生风雨，都能乐观面对。

字形左低右高

笔力舒展遒劲

	山头斜照却相近	山头斜照却相近		料峭春风吹酒醒	料峭春风吹酒醒	

长相思·雨

mò qí
万俟咏

一声声，一更更°。窗外芭蕉窗里灯，此时无限情。

梦难成，恨°难平。不道°愁人不喜听，空阶°滴到明。

背诵小贴士：带读10遍，独读10遍，背诵5遍，考背5遍。

注释

一更更：一遍遍报时的更鼓声。古人将夜晚分为五个时段，即一更、二更、三更、四更、五更，每更相当于现在的两个小时。

恨：遗憾。

道：知。

阶：台阶。

译文

　　雨一直下着，我听着雨滴声，直到深夜都难以入睡。窗外的芭蕉和窗前的孤灯，这时似乎变得多情起来，仿佛在安慰着孤独的我。

　　好梦做不成，心情难以平静。窗外的雨仍旧无情地下着，也不知忧愁的人不喜欢听，一滴一滴，落在空空的台阶上，直到天明。

文老师讲宋词

某个阴雨连绵的秋夜，宋朝书生万俟咏躺在客栈里，怎么也睡不着。他参加了好几次科举考试都没有及第，这次本来很有信心，没想到还是落榜了。如今，他漂泊异乡，满心愁苦，却无人倾诉，听着窗外淅淅沥沥的雨声，更是难以入眠。这场讨厌的雨一夜未停，落在芭蕉叶上，发出"滴答、滴答"的声音，他忽然灵感涌动，写下了这首著名的听雨词。

纵观整首词，虽没有一个"雨"字，但感觉雨无处不在，明明是写景，却又将作者的愁思夹杂在一起。这种表现手法堪称绝妙，可见万俟咏的词学功力之高。据说他还精通音律，能够创作词牌，著有词集《大声集》，可惜已失传，仅有二十多首词作流传至今。

横画注意要等距

四点笔意要相连

	此	此		窗	窗		
	时	时		外	外		
	无	无		芭	芭		
	限	限		蕉	蕉		
	情	情		窗	窗		
				里	里		
				灯	灯		

背默小天才

欲说还休，却道天凉 □□□ 。

但愿人长久，□□ 共婵娟。

无可奈何 □ 落去，似曾相识 □ 归来。

竹杖芝鞋轻胜马,谁怕? 一蓑 □□ 任平生。

一川 □ 草，满城风絮，梅子黄时 □ 。

不道愁人不喜听，□□ 滴到明。

田园风光

行香子◦

秦　观

树绕村庄，水满陂塘◦。倚东风，
豪兴徜徉◦。小园几许，收尽春光。
有桃花红，李花白，菜花黄。

远远围墙，隐隐茅堂。飏◦青旗◦，
流水桥旁。偶然乘兴，步过东冈◦。正
莺儿啼，燕儿舞，蝶儿忙。

背诵小贴士：带读15遍，独读15遍，背诵10遍，考背5遍。

注释

行香子：词牌名，亦称《心香》。

陂塘：池塘。

徜徉：安闲自在地步行。

飏：飞扬，飘扬。

青旗：青色的酒幌子。

东冈：东面的山冈。

译文

绿树环绕着村庄，春水溢满了池塘。迎着暖暖的春风，我满怀兴致，自在地漫步着。小园虽小，却收尽了无限春光。这里桃花正红，李花雪白，菜花金黄。

越过围墙远望，隐约可见几间茅草屋。流水潺潺的小桥边，有青色的酒旗在迎风飞扬。偶然趁着游兴，走过东面的山冈。只见莺儿鸣啼，燕儿飞舞，蝶儿匆忙。

文老师讲宋词

在高手如云的宋代文坛，秦观绝对是一位不容忽视的词人。他不但擅长刻画细腻的儿女柔情，在描写田园风光、乡村生活时，也是信手拈来，风格更是独树一帜。

那年春天，秦观尚年轻，还在家中埋头苦读。这天他见天气晴好，出门踏青。漫步在郊外的旷野中，呼吸着清新的空气，他的心情变得格外舒畅。忽然，有座村庄映入了秦观的眼帘，只见这里花红柳绿、小桥流水、莺歌燕舞，他不由得陶醉其间，写下这阕词。

秦观用通俗的语言、轻松的情致，勾勒出一幅春光明媚、万物萌发的田园风光图，如此风格在秦观的词中并不多见。

左耳旁上宽下收
横撇捺尽量舒展

		水	水		树	树	
		满	满		绕	绕	
		陂	陂		村	村	
		塘	塘		庄	庄	

西江月°·夜行黄沙道中

辛弃疾

明月别枝°惊鹊，清风半夜鸣蝉。稻花香里说丰年，听取蛙声一片。

七八个星°天外，两三点雨山前。旧时茅店°社林°边，路转溪桥忽见°。

背诵小贴士：带读10遍，独读10遍，背诵5遍，考背5遍。

注释

西江月：词牌名，原唐教坊曲。调名取自李白诗句"只今惟有西江月，曾照吴王宫里人"。

别枝：横斜的树枝。

七八个星：寥落的疏星。

茅店：用茅草盖的乡村客店。

社林：土地庙附近的树林。社，土地庙。

忽见：忽然出现。见，同"现"，显现，出现。

译文

夏天的夜晚，皎洁的明月升上树梢，惊飞了栖息在枝头的喜鹊；清凉的晚风阵阵袭来，仿佛吹来了远处的蝉叫声。人们闻着稻谷的香气，谈论着丰收的年景，耳边传来阵阵青蛙的欢叫声。

遥远的夜空中有几颗星星时隐时现，不一会儿，山前竟下起了淅淅沥沥的小雨。往日土地庙附近树林旁的茅屋小店，绕过溪流和小桥，忽然出现在我眼前。

文老师讲宋词

1181年冬天，因遭到主和派权贵的打压，人到中年的辛弃疾被弹劾罢官，他满怀失意，举家迁至信州（今江西上饶），过起了闲适的田园生活。

信州地理位置优越，距离南宋都城临安仅七八百里，交通也极为便利，而且风光宜人，民风淳朴，是不少士大夫理想的宜居之地。辛弃疾在江西为官时，就想在此养老定居，于是他在信州带湖边建了一座庄园，取名为"稼轩"，并以此自号"稼轩居士"。

每日与秀美的山水为伴，使他有了源源不断的创作灵感。某个夏日的夜晚，当他经过黄沙岭驿道时，立刻被眼前的美景所吸引，写下了这首流传至今的名作。他将月、鸟、蝉、蛙、星、雨、店、桥等形象巧妙地交织在一起，让我们感受到乡村生活是那样恬静、惬意。

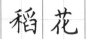

字形左窄右宽

三点笔意相连

清平乐·村居

辛弃疾

茅檐[yán]低小，溪上青青草。醉里
吴音[相媚好]，白发谁家翁媪[ǎo]？

大儿锄[chú]豆溪东，中儿正织鸡笼。
最喜小儿亡赖[wú]，溪头卧剥[bō]莲蓬。

背诵小贴士：带读15遍，独读15遍，背诵5遍，考背5遍。

注释

茅檐：茅屋的屋檐。

吴音：吴越地区的方言。作者当时住在信州（今江西上饶），这一带的方言被称为"吴音"。

相媚好：互相逗趣、取乐。

翁媪：老翁、老妇。

亡赖：这里指小孩顽皮、淘气。亡，同"无"。

译文

　　茅屋的屋檐又低又小，屋旁的小溪边长满了碧绿的青草。含有醉意的吴地方言，听起来温柔又美好，这是谁家的白发老人在逗趣取乐？

　　大儿子在小溪东边的豆田锄草，二儿子正忙于编织鸡笼。最令人喜爱的是小儿子，他趴在溪头的草丛里，剥着刚摘下的莲蓬。

文老师讲宋词

四十一岁那年，辛弃疾以莫须有的罪名被迫离开官场，而后在信州带湖庄园开始了隐居生活。既然英雄无用武之地，他只好写诗填词来了却残生。沉醉于美丽的湖光山色，感受着淳朴的乡间生活，他的心情渐渐平静下来，创作了许多描写田园生活的词，这首《清平乐·村居》便是代表作之一。

全词采用白描的手法，展现出农村家庭和谐美满的生活画面，尤其是将全家老小的面貌描绘得栩栩如生，令人感到趣味盎然。

可惜的是，1196年带湖庄园发生火灾，房屋被烧成灰烬，辛弃疾痛心疾首，大病一场，而后搬到附近的铅山县（隶属于江西上饶）居住。后来他曾两次出山为官，可没做多久又被罢官。虽然辛弃疾在政坛上颇不如意，但在词坛上却声名赫赫，与苏轼并称"苏辛"。

整体布白均匀

中部横画拉长

如梦令

李清照

常记溪亭°日暮，沉醉不知归路。

兴尽°晚回舟，误入藕花°深处。

争渡，争渡，惊起一滩鸥鹭°。

背诵小贴士：带读10遍，独读10遍，背诵5遍，考背5遍。

注释

溪亭：溪边的亭台。

兴尽：尽了兴致。

藕花：荷花。

鸥鹭：泛指水鸟。

译文

时常记起那次在溪边亭中郊游，一玩就到了黄昏时分，赏心悦目，饮酒为乐，醉意渐沉，久久不愿回家。直到尽兴后才乘船返回，却不料迷失了方向，将船划入了荷花丛中。怎么划出去呢？怎么划出去呢？只听惊叫声、划船声交织在一起，惊飞了荷塘深处的一群水鸟。

文老师讲宋词

　　有人说："出名要趁早。"这句话用在李清照身上，再合适不过。少女时期的李清照纯真、率性，在父母的悉心教导下，展现出过人的才华。

　　有一天，李清照和朋友们去溪边游玩。她们在亭子里一边饮酒品茶，一边说说笑笑，不知不觉就到了黄昏时分。糟糕，父母该责备了！快点划船回家吧！也许是心里太着急，一时迷失了方向，小船竟划入繁茂的荷花丛中，惊得荷叶深处的水鸟都飞了起来。见此情景，大家都乐得哈哈大笑。

　　一想到这事，李清照就忍俊不禁，于是写下这首词，用来追忆往昔的快乐。这首《如梦令》，使得小小年纪的李清照名声大噪。

三点呈左弧分布

右部结构要紧凑

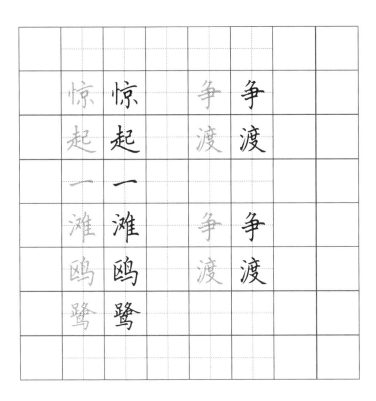

浣溪沙

苏 轼

簌簌°衣巾落枣花，村南村北响缫车°。牛衣古柳卖黄瓜。

酒困路长惟欲°睡，日高人渴漫思茶°。敲门试问野人°家。

背诵小贴士：带读10遍，独读10遍，背诵10遍，考背5遍。

注释

簌簌：纷纷下落的样子。

缫车：用来抽茧出丝的纺车。

欲：想要。

漫思茶：想随便去哪儿找点茶喝。漫，随意。

野人：农夫。

译文

枣花纷纷飘落在行人的衣巾上，家家户户都响起纺车抽丝的声音。身穿粗布衣的老汉，在老柳树下叫卖着黄瓜。

酒意上头，一路上都昏昏欲睡。艳阳高照，无奈口渴难忍。于是随意敲开一户农家的院门，想讨碗茶解渴。

文老师讲宋词

1071年，王安石变法正如火如荼地进行着，苏轼因上书陈述新法的弊端，触怒了王安石，被迫离京。苏轼先后被派往杭州、密州、徐州、湖州等地担任地方官。虽然任期都不长，但苏轼兢兢业业，做了不少利国利民的实事。

苏轼刚到徐州时，黄河上游决口，洪水直逼城下。苏轼临危不乱，号召军民数千人，共同筑堤抗洪。在大家齐心协力的守护下，洪水终于退去。没想到第二年春天徐州又遭逢大旱，苏轼率众来到城外二十里处的徐门石潭，为民祈雨。也许是苏轼的诚意感动了上天，不久竟真的下起雨来，使旱情得以缓解。

苏轼与百姓再次来到石潭谢雨，在路上满怀深情地创作了这组田园词——《浣溪沙》，这是其中第四首。苏轼用清新、生动的语言，既描绘了淳朴的乡村生活，又记下了作者沿途的经历和感受，进一步开拓了词的题材与意境。

竹字头结构紧凑

上小下大更稳健

	村	村		簌	簌		
	南	南		簌	簌		
	村	村		衣	衣		
	北	北		巾	巾		
	响	响		落	落		
	繰	繰		枣	枣		
	车	车		花	花		

背默小天才

树绕村庄，水满 ☐ 塘。倚东风，豪

兴 ☐☐ 。

稻花香里说丰年，听取 ☐☐ 一片。

醉里 ☐☐ 相媚好，白发谁家翁媪?

争渡，争渡，惊起一滩 ☐☐ 。

酒困路长惟欲睡，日高人渴漫 ☐☐ 。

咏物言志

卜算子·咏梅

陆　游

驿°外断桥边，寂寞开无主°。
已是黄昏独自愁，更著°风和雨。
无意苦争春，一任群芳°妒。
零落成泥碾°作尘，只有香如故。

背诵小贴士：带读10遍，独读10遍，背诵10遍，考背5遍。

注释

驿：驿站，供传递文书的官吏途中休息、换马的专用场所。

无主：无人照管和玩赏。

更著：又遭到。更，又，再。著，同"着"，遭受。

群芳：群花，百花。此处暗指朝中追求苟安的主和派。

碾：轧烂，压碎。

译文

驿站外的断桥边，孤寂的梅花傲然绽放却无人欣赏。已是黄昏时分，它正独自忧愁感伤，又遭到一阵凄风苦雨的摧残。

梅花不想与百花争奇斗艳，也不在意百花们的妒忌。即使片片凋落在地，碾作尘泥，也依然和往常一样散发出缕缕清香。

文老师讲宋词

文人们对梅花向来痴迷，因为它是高洁之花，有着坚强不屈的品质，哪怕身处凛冽的寒冬，也能傲然绽放。梅花和松、竹一起，被誉为"岁寒三友"。古往今来，赞美梅花的诗词数不胜数，如北宋隐士林逋，曾写下"疏影横斜水清浅，暗香浮动月黄昏"的咏梅佳句。还有一位南宋词人，也倾情歌颂过梅花，他就是陆游。

陆游一生酷爱梅花，创作了许多咏梅的诗词，其中最被人们所熟知的就是这首《卜算子·咏梅》。在陆游的笔下，那傲然不屈的梅花，仿佛就是他自身的写照。因为陆游和辛弃疾一样，主张北伐抗金，即使屡次遭人排挤，被罢官还乡，陆游也毫不屈服。一句"零落成泥碾作尘，只有香如故"，表达的正是他坚贞不屈的爱国理想。

上下要错落有致

横钩需平稳坚挺

	只		零		
	有		落		
	香		成		
	如		泥		
	故		碾		
			作		
			尘		

卜算子·黄州定慧院寓居作

苏　轼

缺月挂疏桐，漏断°人初静。谁见幽人°独往来，缥缈孤鸿°影。

惊起却回头，有恨无人省°。拣尽寒枝不肯栖，寂寞沙洲°冷。

背诵小贴士：带读15遍，独读15遍，背诵5遍，考背5遍。

注释

漏断：指深夜。漏，计时用的漏壶。古人将水注入漏壶里，再让水一滴一滴地流到另一个容器里，以此来计时。

幽人：幽居的人。

孤鸿：孤独的大雁。古人常用"孤鸿"这个意象来表达孤独之感。

省：理解，明白。

沙洲：江河中由泥沙淤积而成的小块陆地。

译文

弯弯的月亮悬挂在稀疏的梧桐树梢上，此刻夜深人静。有谁见到幽居的人独自走来走去，唯有孤雁那滑过夜空的缥缈身影。

那身影突然惊起又回过头来，好似心有怨恨却无人理解。孤雁挑拣遍了寒枝也不肯栖息，宁愿在这沙洲忍受寂寞、凄冷。

文老师讲宋词

1080年，在举国欢庆的大年初一，苏轼在御史台差役的押解下，经过一个多月的长途跋涉，来到湖北黄州这个偏僻的小镇，他因"乌台诗案"被贬为戴罪之官，既没有实权，也没有工资，就连住所都没有分配。初到黄州，他只能借住在山间的一座旧寺——定慧院。

一日晚饭后，苏轼百无聊赖，决定出门走走。此刻夜深人静，他独自漫步在山间，只见夜空中正挂着一轮孤寂、冷清的弯月，不禁百感交集，创作了这首词。他以孤雁自喻，来抒发自己高洁、孤傲的心境。

虽然苏轼在这里处境艰难，但他仍然保持乐观的心态。待家人也搬迁至此后，苏轼得到黄州城东面山坡上的一块荒地，从此，他自称"东坡居士"，不仅带领家人开荒种地，过着自给自足的田园生活，还发明了"东坡肉""东坡鱼"等美食呢！

左部窄右部宽

竖向笔画要匀

	寂		拣		
	寞		尽		
	沙		寒		
	洲		枝		
	冷		不		
			肯		
			栖		

鹊桥仙

秦 观

纤(xiān)云弄巧，飞星传恨，银汉

迢迢(tiáo)暗度。金风玉露一相逢，

便胜却人间无数。

柔情似水，佳期如梦，忍顾鹊

桥归路。两情若是久长时，又岂在

朝朝暮暮。

背诵小贴士：带读15遍，独读15遍，背诵10遍，考背5遍。

注释

鹊桥仙：词牌名，因秦观所作"金风玉露一相逢，便胜却人间无数"句，故又名《金风玉露相逢曲》。

飞星：流星。这里指牵牛、织女二星。

迢迢：遥远的样子。

暗度：悄悄渡过。

金风玉露：秋风和白露。

译文

　　轻盈的云彩在天空中变幻多端，牵牛星与织女星正传递着相思的愁怨，今夜织女和牛郎会悄然渡过遥远的银河。在秋风白露来临的七夕重逢，这便胜过了人间那些平常的朝夕相处。

　　柔情像流水般绵绵不断，短暂的相会如梦影般缥缈虚幻，分别时他们都不忍回头看那鹊桥路。其实只要两情相悦，至死不渝，又何必在乎这一朝一夕的相守。

文老师讲宋词

每年农历七月初七，俗称"七夕节"，又叫"乞巧节"或"女儿节"，这是一个充满神话色彩的传统节日。相传这天晚上，会有成千上万只喜鹊飞来，在银河上搭起一座"鹊桥"，让牛郎和织女得以相会。这个自汉代流传下来的神话故事，激发了众多文人的创作灵感，他们纷纷写诗填词，其中最耳熟能详的，要数秦观的这首《鹊桥仙》。

创作这阕词的时候，秦观正处于人生低谷。他因新旧两党之争，遭到无情的打击和排挤，一而再地被贬往偏远之地。眼看还乡无望，他只好寄情于诗词。有一年七夕之夜，秦观有感于牛郎、织女鹊桥相会的传说，便写下了这首动人的词作。他将抒情、写景、议论融为一体，结尾那句"两情若是久长时，又岂在朝朝暮暮"，更是成了歌颂爱情的经典名句。

横折钩要有力

日居中且瘦长

	便	便		金	金		
	胜	胜		风	风		
	却	却		玉	玉		
	人	人		露	露		
	间	间		一	一		
	无	无		相	相		
	数	数		逢	逢		

临江仙

侯 蒙

未遇°行藏°谁肯信，如今方表名踪。

无端°良匠画形容。当风轻借力，一举入高空。

才得吹嘘°身渐稳，只疑远赴蟾宫°。

雨余时候夕阳红。几人平地上，看我碧霄中。

背诵小贴士：带读15遍，独读15遍，背诵10遍，考背5遍。

172

注释

未遇：未能得到赏识和重用。

行藏：当官和退隐。

无端：没有因由，无缘无故。

吹嘘：指风吹。

蟾宫：月宫。当时称科举及第为"蟾宫折桂"，这里也代指科举考试。

译文

我未能得遇贤君当官，一直过着隐居的生活，谁也不相信，而今才显现了名声和踪迹。我的容貌无缘无故地被人画在风筝上，那么我正好借着风力，与风筝一起飞入高空。

风慢慢吹，我觉得身体越来越平稳，甚至怀疑要飘到月宫去了。雨后夕阳红彤彤的，你们在平地上，看我登上了青天之中。

文老师讲宋词

北宋年间，有位能干的大臣名叫侯蒙，他勤政廉洁，深得朝廷重用。殊不知他曾被人嘲笑过，一是因为他相貌丑陋，二是他虽有满腹才学，但在考场上总是失败，直到三十一岁时还未考中进士。

一年春天，风和日丽，又一次落榜的侯蒙，为了放松心情出门踏青，不料遇见几位无聊的青年，竟将侯蒙的画像画在风筝上，他们一边放风筝，一边对着侯蒙讥笑不已，仿佛在讽刺他自不量力，妄想一飞冲天。

侯蒙见状，不但不恼，还当场写下这首《临江仙》，以表明自己的志向：虽然我现在没有考取进士，但不代表以后考不上。在场众人读罢，再也不敢取笑侯蒙。果然，不久之后侯蒙进士及第，并一路平步青云，官至高位。

整体结构饱满

注意疏密得当

	如	如		未	未		
	今	今		遇	遇		
	方	方		行	行		
	表	表		藏	藏		
	名	名		谁	谁		
	踪	踪		肯	肯		
				信	信		

双双燕°·咏燕

史达祖

　　过春社°了，度帘幕中间，去年尘冷。差池°欲住，试入旧巢相并。还相雕梁藻井°，又软语、商量不定。飘然快拂花梢，翠尾分开红影。

　　芳径。芹泥雨润。爱贴地争飞，竞夸轻俊。红楼归晚，看足柳昏花暝。应自栖香正稳，便忘了、天涯芳信。愁损翠黛双蛾，日日画阑独凭。

背诵小贴士：带读20遍，独读20遍，背诵10遍，考背5遍。

注释

双双燕：词牌名，南宋史达祖自制词"过春社了"一首，咏双燕，即以为名。

春社：祭祀土地神的日子，大约在春分以后，清明之前。

差池：燕子飞行时，尾翼展开的样子。

藻井：用彩色图案装饰的天花板，形状似井栏，所以叫藻井。

译文

社日刚过去，就有燕子在帘幕中穿梭，屋梁上落满了去年的灰尘。燕子陆续飞来，尾翼舒张想停下来，再试着钻入旧巢双宿双栖。又四下里打量雕梁藻井，还呢喃细语商量个不停。忽然间又飘然而起掠过花梢，翠绿的尾巴划开了红色的花影。

芳香弥漫的小路上，春泥湿润。燕子喜欢贴地争飞，好像要比比谁更俊俏轻盈。回到红楼时天色已晚，已看够了昏暗的柳色、迷蒙的花影。燕子只顾自己在巢中安稳栖息，却忘了还要为天涯游子传递书信。这可愁坏了闺中的佳人，紧皱着黛色的眉毛，天天独自倚着栏杆，等待着。

文老师讲宋词

自然界中的万物，如山川河岳、花鸟鱼虫等，都能成为文人描摹歌咏的对象，他们在描绘万物的同时寄托了自己的感情，于是便有了咏物类诗词。北宋之初，咏物词开始发展，到了南宋，咏物词的创作达到巅峰，史达祖便是其中一位创作名家。

某个和煦的春日，杨柳返青，百花吐蕊，史达祖倚靠在门前，静静欣赏着美丽的春色。忽然，屋檐下有燕子归来，它们叽叽喳喳地叫着，不一会儿，便倏地一下飞走了，翠绿的尾巴掠过红色的花影。

此情此景触动了史达祖，于是创作了这首咏物名作《双双燕·咏燕》。全词没有一个"燕"字，采用拟人的手法，将燕子春归后觅巢、嬉戏的形象描摹得极其生动，结尾处嗔怪燕子只顾兴尽归巢，全忘了还要代有情人传替书信，让佳人在深闺寂寞空等，咏物词延伸到了相思闺怨。

田字居中
布空均匀

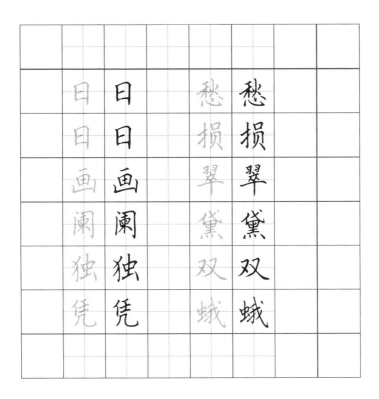

水龙吟◦·次韵章质夫杨花词

苏 轼

似花还似非花，也无人惜从教◦坠。

抛家傍（bàng）路，思量却是，无情有思◦。萦

损柔肠◦，困酣（hān）娇眼◦，欲开还闭。梦

随风万里，寻郎去处，又还被、莺呼起。

不恨此花飞尽，恨西园、落红难

缀（zhuì）。晓来雨过，遗踪何在？一池萍碎。

春色三分，二分尘土，一分流水。细

看来，不是杨花点点，是离人泪。

背诵小贴士：带读20遍，独读20遍，背诵10遍，考背5遍。

注释

水龙吟：词牌名，又名《小楼连苑》《龙吟曲》等。

从教：任凭。

无情有思：指杨花看似无情，实际却自有其愁思。

柔肠：柳枝细长柔软，故用柔肠来比喻。

娇眼：用美人娇媚的眼睛来形容柳叶。

译文

　　像花又好像不是花，无人怜惜，只能任凭它飘零坠地。这样随意抛撒在人家宅边路旁，看似无情，细细想来却自有愁思。它被愁思萦绕，伤了百折柔肠，困顿朦胧的娇眼，刚要睁开又紧紧闭上。在梦里，它随风追寻万里，只为寻到心上人的去处，却被黄莺的啼叫无情地唤醒。

　　不怨杨花飘飞落尽，只怨那西园，满地落花已然枯萎，再难缀满枝头。清晨小雨过后，何处有落花的踪迹？它早已飘入池中，化成一池细碎的浮萍。若把春色分为三分，其中两分已化作尘土，一分已随流水而去。细细看来，这哪里是杨花，点点滴滴都是离人伤心的眼泪。

文老师讲宋词

古代文人交往时，常以诗词相唱和。唱和，本指唱歌时一方唱、另一方和，后来演变为宴饮、写信时，以同题创作诗词赠答对方进行交流。早期的唱和对押韵没有要求，到了中唐时，元稹、白居易开始以次韵的方式相唱和，而后这种方式在宋朝盛行起来。次韵又叫步韵，即依照别人作品中句末押韵的字来写诗词，且次序不变。因为行文受限制，想要超越原作，实属不易，但宋代文豪苏轼却做到了。

苏轼被贬官到黄州的第二年，好友章质夫寄来一首词作《水龙吟·杨花》，苏轼读完赞不绝口，当即回赠这首杨花词，其中就包含了原作句末押韵的字——"坠、思、闭、起、缀、碎、水、泪"。他把飘落的杨花比作思妇，全词似以思妇喻杨花，又似以杨花喻思妇，这种既咏物又写人的手法，使得该作品不仅超越了原词，还被誉为"千古咏物第一词"。

字形左窄右宽
前三捺变成点

落 落　　不 不
红 红　　恨 恨
难 难　　此 此
缀 缀　　花 花
　　　　　　飞 飞
　　　　　　尽 尽

背默小天才

零落成泥碾作尘，只有 ⬚⬚⬚ 。

拣尽 ⬚⬚ 不肯栖，寂寞沙洲冷。

两情若是久长时，又岂在朝朝 ⬚⬚ 。

未遇行藏谁肯信，⬚⬚ 方表名踪。

红楼 ⬚⬚ ，看足柳昏花暝。

细看来，不是 ⬚⬚ 点点，是离人泪。

爱国豪情

渔家傲◎

范仲淹

塞下秋来风景异，衡阳雁去无留意。四面边声◎连角起。千嶂◎里，长烟落日孤城闭。

浊酒一杯家万里，燕然未勒◎归无计。羌管◎悠悠霜满地。人不寐◎，将军白发征夫泪。

背诵小贴士：带读15遍，独读15遍，背诵10遍，考背5遍。

注释

渔家傲：词牌名。又名《荆溪咏》《吴门柳》。

边声：边塞特有的声音，如大风、羌笛、马啸的声音。

千嶂：绵延而峻峭的山峰。

燕然未勒：形容战事未平，功名未立。

羌管：即羌笛。

不寐：睡不着。

译文

秋天到了，西北边塞的风光和别处大不相同。大雁又飞回南方衡阳去了，丝毫没有停留之意。黄昏时分，军中号角吹起，边塞特有的风声、马啸声、羌笛声也随之而起。连绵起伏的群山里，夕阳西下，暮霭沉沉，放眼望去，只有孤零零的城门紧闭着。

饮一杯浊酒，我不禁想起万里之外的亲人，可眼下战事未平，功名未立，我还不能回家。远方传来羌笛的悠悠之声，军营里早已结满寒霜。夜深了，将士们都不能安睡，都被霜雪染白了头发，默默流下了眼泪。

文老师讲宋词

身为北宋一代名臣，范仲淹为官清廉，文武兼备。他为人刚正不阿，又经常秉公直言，得罪了不少人，屡次遭到诬陷、排挤，好几次被调离京城，但这并不妨碍他施展自己的才能。

1038年冬天，党项族首领李元昊称帝，建大夏国，定都兴庆（今宁夏银川），史称西夏。不久李元昊率领大军进犯宋朝边境。眼看军情危急，宋朝皇帝连忙调回富有军事才干的范仲淹，命他协助主帅，共同抵御西夏的进攻。

尽管这时的范仲淹已经五十二岁了，但忠心报国的热忱仍不减当年。他来到西北边关，见战争使许多百姓无家可归，心情十分沉重，当即创作了这首《渔家傲》。他发誓一定要保卫边疆，让百姓安居乐业。后来，他没有食言，在采取了一系列以防守为主的策略后，西夏大军久攻不下，于1042年撤兵。

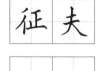

整体左高右矮

上下横画呼应

	将	将		羌	羌		
	军	军		管	管		
	白	白		悠	悠		
	发	发		悠	悠		
	征	征		霜	霜		
	夫	夫		满	满		
	泪	泪		地	地		

江城子·密州出猎

苏 轼

老夫聊°发少年狂，左牵黄，右擎苍°。锦帽貂裘，千骑卷平冈。为报倾城随太守，亲射虎，看孙郎。

酒酣胸胆尚开张，鬓微霜，又何妨？持节°云中，何日遣冯唐？会挽雕弓如满月，西北望，射天狼°。

背诵小贴士：带读15遍，独读15遍，背诵10遍，考背5遍。

注释

聊：姑且，暂且。

左牵黄，右擎苍：左手牵着黄狗，右臂托起苍鹰，形容围猎时用以追捕猎物的架势。

持节：带着传达圣旨的符节。

天狼：星名，这里指进犯北宋西北边境的西夏军队。

译文

姑且让老夫展现一下少年的狂傲，我左手牵着黄狗，右臂托着苍鹰，随行的将士头戴华美的帽子，身穿貂皮做的衣服，浩浩荡荡的大部队像疾风一样，席卷了平坦的山冈。为了报答全城的人跟随我出猎的盛意，我要像三国的孙权一样亲自射杀猛虎。

喝酒喝到尽兴时，我的胸怀更加开阔，胆气也更加张扬，即使两鬓斑白，又有什么关系呢？朝廷何时重用我，就像汉文帝派冯唐手持符节赦免魏尚一样？到那时，我一定将弓箭拉得如同满月，瞄准西北，把天狼星射下来。

文老师讲宋词

1074 年，苏轼来到山东密州（今山东诸城），担任该地的最高长官——知州。当时的密州是个贫穷的山区，苏轼初来乍到，就遭遇了极大的困境：当地蝗灾、旱灾交相肆虐，粮食连年歉收，百姓们的日子过得苦不堪言。

面对如此艰难的处境，苏轼没有畏缩不前，而是亲自下田，帮助百姓积极地治理蝗灾。接着，他又带领众人登山祈雨，没想到下山途中竟下起雨来。众人兴高采烈地举办了一场围猎活动，借着一时的豪兴，苏轼当场写下这首《江城子·密州出猎》。他在词中抒发了杀敌报国的志向：总有一天，我要把弓弦拉得像满月一样，将西北边境上的敌人统统打败。

虽然苏轼只是一介文官，未能实现上阵杀敌的愿望，但他用自己的绵薄之力做了很多善事，深得百姓的爱戴。

横画要等距

出钩要有力

	西北望		会挽雕弓如满月	
	射天狼			

诉衷情◎

陆　游

当年万里觅封侯，匹马戍◎梁州。

关河◎梦断何处，尘暗旧貂裘◎。

胡◎未灭，鬓先秋，泪空流。此

生谁料，心在天山◎，身老沧洲◎。

背诵小贴士：带读10遍，独读10遍，背诵5遍，考背5遍。

注释

诉衷情：词牌名。原唐教坊曲名，又名《桃花水》《渔父家风》等。

戍：防守。

关河：关塞、河流，指边疆。

胡：西北各族泛称为胡，这里指金人。

天山：这里指南宋与金国相持的西北前线。

沧洲：水边，古时常用来泛指隐士居住之地。这里指陆游晚年住在绍兴镜湖边的三山。

译文

回想当年为了建功立业驰骋万里，单枪匹马奔赴边境保卫梁州。如今，边塞从军生活只能在梦里出现，梦一醒，不知身在何处，唯有曾经穿过的貂裘，已积满灰尘，变得又暗又旧。

金兵还未消灭，我的双鬓已白如秋霜，只能任感伤的眼泪白白流淌。谁能预料我这一生，心始终在前线抗敌，人却只能老死在家乡。

文老师讲宋词

陆游是南宋著名的爱国文人，出生于北宋灭亡之际，少年时便饱受战乱之苦，立志报效祖国，中年时才得遇良机，入蜀抗金。那时的他一身戎装，骑马随军北伐，在一片刀光剑影中早已将生死置之度外。可是北伐的失利，很快结束了他的军旅生活。后来，他两度因力主抗金而被罢官，不得不退居故乡山阴（今浙江绍兴）。

晚年的陆游，时常会想起那段军旅生活，尽管不到一年，却在他心里留下了深深的烙印。他为此创作了大量的爱国诗词，这首《诉衷情》就是其中的名篇之一。他引用东汉班超弃文从军的典故，表达了渴望建功立业的壮志豪情。遗憾的是，直到人生的终点，他也未能实现收复大宋江山的夙愿。

注意首横稍短

儿字大小适宜

	匹	匹		当	当		
	马	马		年	年		
	戍	戍		万	万		
	梁	梁		里	里		
	州	州		觅	觅		
				封	封		
				侯	侯		

197

桂枝香◎·金陵怀古

王安石

登临送目，正故国晚秋，天气初肃。千里澄江似练◎，翠峰如簇。归帆去棹残阳里，背西风，酒旗斜矗。彩舟云淡，星河鹭起，画图难足。

念往昔、繁华竞逐，叹门外楼头◎，悲恨相续。千古凭高对此，谩嗟荣辱。六朝旧事随流水，但寒烟，衰草凝绿。至今商女，时时犹唱，后庭遗曲◎。

背诵小贴士：带读20遍，独读20遍，背诵10遍，考背5遍。

注释

桂枝香：词牌名。又名《疏帘淡月》。

澄江似练：形容长江像一匹长长的白绢。练，白色的绢布。

门外楼头：暗指南朝陈后主亡国惨剧。隋朝开国大将韩擒虎带兵来到金陵朱雀门外，陈后主和他的宠妃张丽华还在结绮阁上寻欢作乐，两人被韩俘获，陈亡国。楼，指结绮阁。

后庭遗曲：即陈后主所作《玉树后庭花》，被视为亡国之音。

译文

　　我登上城楼远眺，故都金陵正是深秋，天气已变得寒凉飒爽。奔腾千里的长江宛如一条白绢，青翠的山峰像箭头一样挺立峭拔。归来的帆船在夕阳下穿梭，斜插的酒旗在西风下飘扬。华丽的画船如同在淡云中浮游，江上的白鹭好像在银河里飞舞，即使丹青妙笔，也难以描画这壮美的风光。

　　遥想当年，故都金陵何等繁华。可叹朱雀门外的阁楼，六朝君主们一个个相继败亡。自古以来，多少人在此登高怀古，无不为历代荣辱叹息感伤。六朝旧事已随流水消逝，只剩寒烟衰草里一点残留的绿意。时至今日，商女们还在吟唱《玉树后庭花》遗曲。

文老师讲宋词

北宋神宗年间，贵族、官僚大肆兼并土地，许多农民无以为生，国家税收锐减，甚至出现了入不敷出的状况，再加上边境战事不断，大宋江山危机四伏。为了缓解财政困难，实现富国强兵，神宗皇帝命王安石为相，开始实施"熙宁变法"。

新法在推行的过程中出现了很多问题，又因为触犯了权贵们的利益，王安石屡遭弹劾，两次被罢相。这场轰轰烈烈的变法，最终以失败结束。

王安石一生致力于改革，他深深地担忧着国家的前途，希望为国为民排忧解难，却难以如愿。这阕怀古讽今的词，创作于王安石任江宁知府时期。通过对金陵景物的赞美和历史兴亡的感叹，表达了他对北宋社会现实的忧心以及忠贞的爱国情怀。

撤画上段竖直

最后一捺要平

	时		至		
时	时	至	今		
时	时	今	商		
犹	犹	商	女		
唱	唱	女			
后	后				
庭	庭				
遗	遗				
曲	曲				

破阵子·为陈同甫赋壮词以寄之

辛弃疾

醉里挑灯°看剑，梦回吹角连营。

八百里°分麾下炙，五十弦°翻°塞外
hūi zhì

声。沙场秋点兵。

马作的卢°飞快，弓如霹雳弦惊。
dí lú pī lì

了却°君王天下事，赢得生前身后名。

可怜白发生！

背诵小贴士：带读15遍，独读15遍，背诵10遍，考背5遍。

注释

挑灯：把灯芯挑亮。

八百里：指牛，这里泛指酒食。

五十弦：原指古瑟，此处泛指军中乐器。

翻：演奏。

的卢：良马名，一种烈性快马。

了却：了结，把事情做完。

译文

　　醉酒时挑亮油灯细细观看宝剑，梦醒时军营中响起了嘹亮的号角声。将军把牛肉分赏给部下，又命人演奏军中乐器来鼓舞士气。这个秋高气爽的季节，战场上正在检阅军队。

　　战马像的卢一样跑得飞快，弓箭像惊雷一样震耳离弦。一心想为君王完成收复国家失地的大业，为自己生前死后留下美名。可惜事业未能完成，自己已成了白发人！

文老师讲宋词

南宋是个多灾多难的王朝，先有金人入侵，后有蒙古铁骑南下，可南宋皇帝却屈居江南，忍辱妥协，致使无数百姓遭受国破家亡的痛苦。许多爱国文人挺身而出，将诗词当作自己的武器，发出豪迈无比的声音，这其中的代表之一，就是辛弃疾。

辛弃疾在南宋结识了一批志同道合之士，关系最好的，要数陈亮。陈亮，字同甫，人称"龙川先生"。他们俩第一次会面，是在大雪纷飞的冬天，陈亮骑马去拜访辛弃疾。走到辛弃疾家门前的桥边时，马儿怕水不肯前行，陈亮催促几次都不管用，最后徒步前往。正在家中的辛弃疾碰巧看到这一幕，大为感动。他亲自出门迎接陈亮，两人相谈甚欢，遂成为知己。

后来，两人常有书信来往，这首《破阵子·为陈同甫赋壮词以寄之》就是辛弃疾寄给陈亮的词作，字里行间抒发了他渴望杀敌报国的雄心壮志。

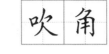

左部呈依偎之势

右部要舒展大方

	梦	梦	醉	醉		
	回	回	里	里		
	吹	吹	挑	挑		
	角	角	灯	灯		
	连	连	看	看		
	营	营	剑	剑		

念奴娇◦·赤壁怀古

苏 轼

大江东去，浪淘尽，千古风流人物。故垒◦西边，人道是，三国周郎◦赤壁。乱石穿空，惊涛拍岸，卷起千堆雪。江山如画，一时多少豪杰。

遥想公瑾当年，小乔初嫁了，雄姿英发（fā）。羽扇纶巾（guān）◦，谈笑间，樯橹（qiáng）◦灰飞烟灭。故国神游，多情应笑我，早生华发（fà）◦。人生如梦，一尊还酹（huán lèi）江月。

背诵小贴士：带读20遍，独读20遍，背诵10遍，考背5遍。

注释

念奴娇：词牌名。又名《百字令》《大江东去》《酹江月》。

故垒：旧时军队营垒的遗迹。

周郎：即周瑜（175—210），字公瑾，孙权军中指挥赤壁大战的将领。二十四岁即出任要职，军中皆呼为"周郎"。

羽扇纶巾：（手持）羽扇，（头戴）纶巾。

樯橹：代指曹操的战船。樯，挂帆的桅杆。橹，一种摇船的桨。

华发：花白的头发。

译文

长江之水浩浩荡荡向东流去，滔滔巨浪淘尽千古英雄人物。在旧营垒的西边，人们说，那是三国周瑜大破曹军的赤壁。只见陡峭的石壁直耸云天，如雷的惊涛拍击着江岸，激起的浪花好似卷起千万堆白雪。雄壮的江山绮丽如画，一时间涌现出多少英雄豪杰。

遥想当年周瑜春风得意，绝代佳人小乔刚嫁给他，他英姿勃发，豪气满怀。手持羽扇，头戴纶巾，谈笑之间，曹军的战船烧得灰飞烟灭。如今我身临古战场神游往昔，应该会笑话我多情，过早地生出满头白发。人生犹如一场梦，且洒一杯酒，祭奠这江上的明月。

文老师讲宋词

对一代文豪苏轼来说，贬居黄州的那几年，虽然苦难重重，却是他文学生涯的高光时刻。苏轼在黄州共作诗、词、赋近三百篇，还写下天下三大行书之一的《寒食帖》。关于赤壁的"一词二赋"，更成了中国文学史上的千古绝唱，"一词"即《念奴娇·赤壁怀古》，"二赋"则是《赤壁赋》《后赤壁赋》。

那是苏轼被贬到黄州的第三年，听闻黄州城外的江边有处山崖，陡峭如壁，山石呈赤红色，宛如烈火烧过一样，名为"赤壁"。苏轼向来喜爱山水名胜，欣然前往游览。面对滚滚东去的长江、雄伟壮丽的赤壁，苏轼不禁触景生情，想到三国英雄周瑜年纪轻轻风光无限，而自己人到中年，却有志难伸，于是昂首高歌，以超脱的心态写下这首豪放无比的词作。

整阕词气象壮阔，充满了英雄气概，是苏轼词作中最著名的一阕，也是豪放词作的代表，被无数人称赞、传诵。

左部瘦长且挺立

右部偏上且小巧

	惊	惊	乱	乱			
	涛	涛	石	石			
	拍	拍	穿	穿			
	岸	岸	空	空			

小重山

岳 飞

昨夜寒蛩^{qióng}不住鸣。惊回千里梦，已三更。起来独自绕阶行。人悄悄，帘外月胧^{lóng}明。

白首为功名。旧山松竹老，阻归程。欲将心事付瑶^{yáo}琴。知音少，弦断有谁听？

背诵小贴士：带读15遍，独读15遍，背诵10遍，考背5遍。

注释

寒蛩：秋天的蟋蟀。

千里梦：这里指奔赴千里杀敌报国的梦。

月胧明：月光不明。胧，朦胧。

功名：指为驱逐金兵的入侵，收复失地而建功立业。

旧山：家乡的山。

瑶琴：装饰着美玉的琴。

译文

昨天夜里，蟋蟀止不住的鸣叫声，将我从遥远的梦境中惊醒，已是三更时分。我起身绕着台阶孤零零地走着。四周静悄悄地没有人声，帘外正挂着一轮朦胧的淡月。

我渴望为国建功留名，人未老却已白头。家乡山上的松竹已长高变老，阻断了归程。想把满腹心事付与瑶琴弹一曲。可知音太少，纵然琴弦弹断，又有谁来听呢？

文老师讲宋词

说起南宋的抗金名将，人们首先想到的就是岳飞。他一生精忠报国，战绩辉煌。在北伐过程中，先成功收复了襄阳及周边大片失地，使整个朝廷为之震动，后又收复了郑州、洛阳等十余个州郡。在岳飞的带领下，战斗节节胜利，复国形势大好。可软弱的南宋皇帝一心求和，还连下十二道金牌，命岳飞班师回朝。岳飞悲愤交加，但皇命难违，撤军后，河南地区又一次被金兵占领。

眼看自己奋战多年的成果毁于一旦，岳飞感到万分失意，在某个孤寂的深夜，写下了这首《小重山》。他将心中的怨恨与无奈都倾注于笔端，仿佛在向人们诉说着自己那收复山河的志向还有谁能懂。

不久，南宋皇帝为了和金人议和，以"莫须有"的罪名，赐死了时年三十九岁的岳飞，可怜一代名将，就此陨落。

上下需紧凑

撇捺要舒展

	知 音 少	知 音 少		欲 将 心 事 付 瑶 琴	欲 将 心 事 付 瑶 琴		

背默小天才

羌管悠悠 ☐ 满地，人不寐，将军白发

☐☐☐ 。

☐☐ 挑灯看剑，梦回吹角连营。

会挽雕弓如满月，西北 ☐ ，射 ☐☐ 。

大江东去，浪淘 ☐ ，千古 ☐☐ 人物。

当年万里 ☐☐☐ ，匹马戍梁州。